Hans Rothauscher
Die Stellersche Seekuh
Monografie der ausgestorbenen
Nordischen Riesenseekuh
Hydrodamalis gigas

„Die Tiere befinden sich zu allen Zeiten
um diese Insel in größter Menge,
so dass alle Bewohner der Ostküste
Kamtschatkas sich davon
im Überfluss mit Fleisch
versorgen könnten.“

Steller 1742

„Es ist uns gelungen, Sauers Annahme zu
untermauern, dass die Rytina im Jahr 1768
ausgerottet worden ist!"

Stejneger

Hans Rothauscher

Die Stellersche Seekuh

Monografie der ausgestorbenen
Nordischen Riesenseekuh
Hydrodamalis gigas

Die Stellersche Seekuh
© 2008 Hans Rothauscher, Bülkau.
Überarbeitete Auflage
Herstellung und Verlag:
Books on Demand GmbH., Norderstedt
ISBN 9783837017939
Umschlag Hans Rothauscher
nach einer Zeichnung von L. Stejneger

Inhaltsverzeichnis

Vorwort

Im Jahr 1741 entdeckte der deutsche Naturwissenschaftler Georg Wilhelm Steller die Riesenseekuh des nördlichen Pazifik. Nur 27 Jahre später war die Art durch skrupellose Jäger ausgerottet, und so blieb Steller der einzige Zoologe, der die Tierart lebend beobachten konnte.

Es gibt wenig aktuelle Literatur über das Wundertier. Wie Sie aber aus meiner Literaturliste ersehen können, sind alte Texte überraschend zahlreich. Die Stellersche Seekuh hatte einst die Gemüter sehr bewegt.

Dieses Buch hat vier Abteilungen, die der geneigte Leser je nach Interessenlage einzeln oder nach Belieben durchstöbern kann:

- Da ist zunächst der Geschichtsteil, in dem das Drama der Entdeckung und baldigen Ausrottung des Tiers erzählt wird.

- Im naturkundlichen Abschnitt findet sich, was über die Evolution, das Aussehen und die Lebensweise bekannt ist.

- Mein Favorit ist der Abschnitt über die Abbildungen der Seekuh, in dem ich auch einige alte Illustrationen wiedergebe, die bisher nirgends im Zusammenhang gezeigt wurden.

- Der umfangreiche Anhang enthält viele von mir zusammengetragene Daten und Fakten.

Hans Rothauscher,
im Januar 2008

Die Entdeckung

Unsere Geschichte beginnt gegen Ende des 16. Jahrhunderts: Das mongolische Reich war zerfallen und das riesige Sibirien herrenlos. Jetzt schickte der russische Kaufmann Stroganow mit Billigung Iwans des Schrecklichen seine Kosaken gen Osten, um das weite unbekannte Land zu erkunden und in Besitz zu nehmen.

Daher war, als Peter der Große 1682 sein Amt antrat, Sibirien bis hin zur Pazifikküste bereits durch einige wenige Ostrogs[1], Fahrwege und Wasserwege erschlossen, zum größten Teil aber war es eine riesige, fast menschenleere Wildnis.

Zar Peter brauchte Informationen, wie das neue Gebiet wirtschaftlich nutzbar zu machen sei, und so erhielten die deutschen Naturwissenschaftler Gerhard Friedrich Müller und Johann Georg Gmelin mit anderen den Auftrag, Natur und Bewohner zu erforschen. Und da man über den nördlichen Pazifik noch höchst unklare Kenntnisse hatte, sollte der dänische Kapitän Vitus Bering das Gebiet erkunden und kartieren. Diese Zweite Kamtschatka-Expedition von 1733 bis 1743 war das aufwendigste Forschungsunternehmen des 18. Jahrhunderts, das später als "Große Nordische Expedition" in die Geschichtsbücher eingehen sollte. Etwa tausend Menschen wurden rekrutiert, ein riesiger wissenschaftlicher Stab, fünfhundert Marinesoldaten, etwa 500 zwangsverpflichtete Bewohner Alaskas. Drei Jahre sollte es dauern, bis die für die Seeexpedition benötigten Menschen und Material an die Ostküste Kamtschatkas angekommen waren. Dort wurde die kleine Stadt Petropawlowsk als Ausrüstungshafen gegründet.

Nach Peters Tod 1725 wurden sein Sibirien-Projekt zunächst fortgesetzt, und so legten am 29. Mai 1741 die Paketboote St. Peter und St. Paul vom Hafen Petropawlowsk ab zur Reise nach Osten. Auf Berings Brigg St. Peter befand sich der 33jährige deutsche Arzt und Naturwissenschaftler Georg Wilhelm Steller.

Die beiden Schiffe verloren sich aus den Augen, und die St. Peter erreichte am. 12. Juli allein die Insel Kayak im Golf von Alaska. Die militärischen

---

[1] befestigte Siedlungen

8

Anführer der Expedition ließen den wissbegierigen Steller jedoch nur für wenige Stunden an Land, daher war dieser mit der wissenschaftlichen Ausbeute wenig zufrieden.

Da die Vorräte zu Neige gingen, entschloss sich Bering zum Abbruch der Expedition und zur Rückkehr nach Kamtschatka. Es folgte eine monatelange Irrfahrt Richtung Heimat, mit Nebel und Stürmen, Trinkwassermangel und Skorbut. Mehrere Seeleute starben, bevor das Schiff am 11. November an einer unbekannten Küste zerschellte. Erst später erkannten die Männer, dass sie auf einer unbewohnten, baumlosen Insel gefangen waren, auf der sie den arktischen Winter über ausharren mussten.

Auf einem seiner ersten Erkundungsausflüge entdeckte Steller *„die vielen Manati am Ufer im Wasser, welche ich vorher nie gesehen hatte".*[1]

Immerhin fand sich Treibholz zum Bau von einfachen Erdhütten und zum Feuer machen, und die furchtlosen Schneehühner und Seeotter waren leichte Jagdbeute. Aber die meisten Männer waren durch den Skorbut sehr geschwächt, und mehrere starben noch eines erbärmlichen Todes, am 8. Dezember auch Vitus Bering *„unter freiem Himmel und fast von Läusen aufgefressen*[2]*"*. Die übrigen Besatzungsmitglieder erholten sich im Laufe des folgenden Frühjahrs, nachdem Steller ihnen vitaminreiche Kräuter und Frischfleisch verordnen konnte. Steller selbst blieb während der ganzen Reise von der Krankheit verschont. Er hatte bei seinem Aufenthalt in Kamtschatka bei den einheimischen Itelmenen die dortigen vitaminreichen Pflanzen kennen und nutzen gelernt.

Im Frühjahr machten sich die Überlebenden daran, aus den Wrackteilen der St. Peter ein kleines Segelboot zu bauen. Inzwischen hatte man aber im Umkreis von 20 Kilometern alle jagdbaren Tiere getötet oder verscheucht. Und so schrieb der nach Berings Tod kommandierende Seeoffizier Sven Waxell in seiner Zarsko-Ssel'schen Handschrift[3]:

„Ich würde den gezwungen, Ein ander Hülfsmittell, zu unserer nahrung ausfündig zu machen: die bestunde darin; wir sahen alle tage, recht gegen unsere wohnplats, Ein ziemlich Partie Sea Kühe, oder Manatees ...

---

[1] Tagebuch 1793
[2] Steller in einem Brief an Gmelin
[3] in Büchner 1891, S. 22

*welches brachte uns zur Speculation, auf was für art wir ihnen fangen ...
könnte.“*

Und weiter:

> *„erst seit wir ihr Fleisch aßen, wurden wir völlig gesund“.*

Am 11. August war die kleine "St. Peter II" fertig und der Mast konnte aufgestellt und Vorräte an Bord gebracht werden. Am 13. August stach das winzige[1] Wasserfahrzeug mit den 46 eng zusammengedrängten Überlebenden[2] in See.

Sehr zu seinem Bedauern hatte Steller aus Platzgründen den größten Teil seiner wissenschaftlichen Sammelstücke zurücklassen müssen, unter anderem ein Seekuhskelett:

> *„Ich bereitete nur das Geripe eines Kalbes von der Art dieser Meerkuh; nahm davon die Haut mit ihrer Oberhaut, stopfte sie mit Gras aus, und wollte sie mitnehmen. Weil ich nun sahe, dass der Kahn zum Fortbringen allzu klein war, so gedachte ich nur einzelne Stücke mit fortzubringen: aber auch dass gieng nicht an“.[3]*

Am Abend des 27. August 1742 lief das Schiffchen endlich im Hafen von Petropawlowsk auf Kamtschatka ein, wo die Mannschaft bereits für tot erklärt und ihr Besitz aufgeteilt worden war.

Die karge Insel, auf der die Schiffbrüchigen einen harten Winter lang ausharren mussten, nannte man *Beringinsel* nach dem verstorbenen Kommandeur der St. Peter, das Archipel *Kommandeursinseln*.

- - -

Steller nutzte den erzwungenen Aufenthalt auf der Insel zur Beobachtung und Beschreibung der Tierwelt der Insel und verfasste dort sein bekanntestes Werk *de Bestiis marinis* – Beschreibung von sonderbaren Meerthieren.

---

[1] 40 Fuß lang, 13 Fuß breit
[2] von ursprünglich 76 Mann
[3] 1753, S. 93

Zeitpunkt und Ursachen des Aussterbens

Im 18. Jahrhundert beherrschten die Promyshleniki das weite Sibirien. Diese gesetzlosen Pelzhändler plünderten unkontrolliert und maßlos den Pelztierbestand des riesigen Landes, unterwarfen zu diesem Zweck grausam die kleinen Volksgruppen des Landes und erzwangen Tributzahlungen, meist in Form von Zobelfellen. Zwar gab es Gesetze, die einen fairen Umgang mit den Ureinwohnern gewährleisten sollten, aber: „Russland ist groß, der Zar ist weit". Bald war ein Gebiet nach dem anderen ausgeraubt und man musste nach neuen Jagdgründen Ausschau halten.

Da verbreiteten 1742 die Überlebenden der St. Peter die Nachricht, dass es im östlichen Ozean von Seeottern, Polarfüchsen und Seehunden nur so wimmelte. Als Beweis brachten sie über 700 prächtige Seeotterpelze mit, für die in China höchste Preise zu erzielen waren.

Da gab es für die Promyshleniki kein Halten. Ein Run, vergleichbar mit den späteren Goldräuschen, setzte ein. Mehrjährige Jagdexpeditionen setzten Segel. Da Kamtschatka nicht in der Lage war, für solche jahrelangen Fahrten ausreichende Nahrungsvorräte zur Verfügung zu stellen[1], verbrachten die Jäger den ersten Winter auf der Bering-Insel, um sich dort mit Seekuhfleisch zu verproviantieren.

Die Pelzjäger nutzten übrigens nicht nur Fleisch, Fett und Öl der Seekühe, sondern bespannten auch die Baidare, ihre bis zu 20 Personen tragenden leichten Boote, mit Seekuhhaut. Nur Kiel und Spanten brachten sie vom Festland mit.

Von der Insel aus setzten sie ihre Raubzüge fort, um die Aleuten und die Pribiloff-Inseln auszuplündern und die Küste von Alaska zu erkunden. Auch dort wurden die eingeborenen Völker versklavt und ausgebeutet.

Wie das gesamte Vorgehen dieser Abenteurer, so ging auch die Jagd auf die scheinbar unbegrenzt verfügbaren Seekühe äußerst rücksichtslos und verschwenderisch vonstatten. Der russische Bergbauingenieur Yakovlev, der die Abbauwürdigkeit des Erzes der benachbarten Kupferinsel prüfen sollte, berichtete 1755[2]:

---

[1] Vasili Silov in Heptner 1974, S. 49
[2] übersetzt aus Domning 1978, S. 163

„Für die Jagd rudern 8 Männer aufs Meer, einer hat eine lange Harpune, mit der er im Bug steht. Wenn sie neben dem Kopf einer Kuh angekommen sind, wirft er kraftvoll die Harpune hinein. Jetzt rudert die Mannschaft so schnell sie kann von dem Tier fort, damit diese nicht mit ihrem Schwanz oder den Vorderflossen das Boot zerschmettern kann. Es dauert nicht lange, und das Tier ist erschöpft, hört auf zu schwimmen und dreht den Bauch nach oben. Jetzt kann es ins flache Wasser geschleppt werden ...

Das Fleisch einer Kuh ernährt 33 Männer einen Monat lang [1]*...*

Ich habe auch beobachtet, dass Männer die Seekühe zu zweit oder dritt jagten. Ein Mann watete zu einer Kuh im flachen Wasser und stach mit einer Lanze auf sie ein. Die dabei tödlich verwundeten Tiere aber flohen fast immer ins offene Meer und verendeten dort, so dass es eine große Verschwendung gab, gleichzeitig hungerten die erfolglosen Jäger. Die verschwenderische Jagd durch diese kleinen Gruppen sollte durch einen Ukas [2] *unterbunden werden, sonst würde das Meer um die Bering-Insel bald ebenso leer sein wie um die Kupferinsel* [3]*. "*

Es kam zu keinem Ukas, das letzte einsame Tier wurde wahrscheinlich 1768 getötet.

Da Steller keine Zählung des Bestandes vorgenommen hatte, kalkulierte der norwegisch-amerikanische Zoologe Dr. Leonard Stejneger das Ende der Spezies 1887 in *„How the Great Northern Sea-Cow became exterminated"* wie folgt:

Er schätzte die Gesamtpopulation zur Zeit ihrer Entdeckung anhand der geographischen Gegebenheiten auf 1.500 bis höchstens 2.000 Individuen (etwa 15 Stellen um die Insel herum boten eine geeignete Lebensgrundlage für etwa je 100 Tiere).

In den Jahren 1743 bis 1763 überwinterten auf der Bering-Insel nachweislich 19 Pelz-Expeditionen mit insgesamt etwa 670 Mann [4]. Stejneger errechnete, dass für die Verproviantierung dieser Gruppen etwa 500 Tiere harpuniert werden mussten. Er schätzte, dass darüber hinaus weitere 1000

---

[1] lt. Waxell ernährte sich seine 46 Mann starke Gruppe etwa 14 Tage vom Fleisch einer Kuh
[2] kaiserlicher Befehl
[3] dort gab es bereits 1754 keine Seekühe mehr
[4] Stejneger vermutete, dass die tatsächlichen Zahlen wesentlich höher waren.

oder mehr Tiere bei den von Yakovlev beschriebenen sinnlosen Massakern durch die kleinen Jagdgruppen verschwendet wurden.

Nach 1763 lohnte sich die Seekuhjagd wohl nicht mehr. Während einer Überwinterung 1767/68 wurde wahrscheinlich das letzte Tier harpuniert.

Martin Sauer, Chronist der Billing Expedition 1785-1794, schrieb 1802 in seinem Expeditionsbericht: *"Seekühe waren ehedem auf der Küste von Kamtschatka und den Aleutischen Inseln sehr häufig; aber im Jahr 1768 tödtete man das letzte Thier dieses Geschlechts auf Beringsinsel, und seitdem hat man in diesen Gegenden keine mehr gesehen".* V. Baer[1] und J. F. Brandt[2] ermittelten ebenfalls das Jahr 1768 als wahrscheinlichen Zeitpunkt des Aussterbens.

Der Schwedische Baron Erik A. Nordenskjöld glaubte, dieses Datum widerlegen zu können. Während seiner Vega-Expedition[3] 1879, an deren Ende er sich fünf Tage auf der Bering-Insel aufhielt, berichteten ihm Einwohner, dass noch im Jahr 1854 eine lebende Seekuh gesichtet worden sei.

Stejneger[4] befragte drei Jahre später die gleichen Inselbewohner eingehend. Er kam zu dem Ergebnis, dass es sich bei dem im Jahr 1854 gesichteten Tier wahrscheinlich um einen weiblichen Narwal gehandelt hatte.

Stejneger:

„Es ist uns gelungen, Sauers Annahme zu untermauern, dass die Rytina im Jahr 1768 ausgerottet worden ist!".

Allgemein wird die verschwenderische Jagd, der "Overkill", als alleinige Ursache des Aussterbens angesehen.

Der russische Wissenschaftler Savinetzky glaubt darüber hinaus, dass der neuerliche Kälteeinbruch der *Kleinen Eiszeit* im 16. bis 19 Jahrhundert weitere Härten mit sich brachte:

"The discovery of the Steller's sea cow in the Commandor Islands in the middle of the 18th century supports the idea of a decline in population because of unfavorable conditions ('Little Ice Age'). That is why it took only 27 years for their complete extermination."

---

[1] 1840
[2] 1846
[3] erste Bezwingung der Nordostpassage
[4] 1887

Paul Anderson[1] dagegen vermutet komplexere Zusammenhänge: In der Regel halten Seeotter die Bestände der Kelp fressenden Seeigel der Uferzone unter Kontrolle. Die russischen Jäger aber hatten die Otter der Kommandeursinseln bereits in den ersten 10 Jahren ausgelöscht. Daraufhin dürften sich die Seeigel in wenigen Jahren explosionsartig vermehrt, und die Algen des flachen Wassers radikal dezimiert haben. Die letzten Seekühe sind möglicherweise verhungert.[2]

Es gibt bis in die heutige Zeit Meldungen angeblicher Sichtungen aus weltabgeschiedenen Gegenden des Nordmeeres. Zum Beispiel wurden 1962 in der Bucht von Anadyr (nördlich von Kamtschatka) seekuhähnliche Tiere gesehen, und ein russischer Fischer behauptete 1977, vor Kamtschatka eine treibende Seekuh berührt zu haben. Alle derartigen Berichte hielten jedoch einer Überprüfung nicht stand (Heptner 1974).
Rudyard Kipling griff in seinem Märchen 'die weiße Robbe' diese Erzählungen auf und fabulierte, dass sich die Seekühe in eine für Menschen unzugängliche Bucht gerettet haben, weit nördlich von der Kupferinsel gelegen, welche nur durch einen Unterwassertunnel erreicht werden kann.

---

[1] 2005
[2] siehe dazu auch S. 56 - Evolution

Georg Wilhelm Steller

Georg Wilhelm Stöller wurde am 10. März 1709 in Windsheim, Franken geboren, studierte zunächst Theologie, später Medizin und Naturwissenschaften. Er sah in Deutschland keine entsprechenden Berufsaussichten und verpflichtete sich 25jährig als Arzt beim russischen Heer. Der Name Stöller lässt sich in kyrillischer Schrift nicht darstellen, er nannte sich daher fortan Steller. 1737 wurde er Adjunkt (wissenschaftlicher Assistent) der Naturwissenschaften der Petersburger Akademie der Wissenschaften. Er schloss sich von dort der Großen Nordischen Expedition an, wo er zunächst Gmelin unterstand. Im Februar 1741 forderte Vitus Bering ihn auf, an der Seereise nach Amerika teilzunehmen.

In verschiedenen biografischen Arbeiten wird die Persönlichkeit Stellers recht unterschiedlich beurteilt. Unbestritten sind sein umfassendes Wissen, seine unbändige Neugier und seine unabhängige Urteilsfähigkeit. Er war durchdrungen von den piëtistischen Ideen von Toleranz, Pflichtbewusstsein und Nächstenliebe. Seine Sympathie galt daher der von den russischen Kolonialisten unterdrückten Urbevölkerung. Gleichzeitig blickte er auf beide Gruppen herab und fühlte sich ihnen überlegen..

Steller repräsentierte eine neue Generation von Naturforschern. Anspruchslos bewegte er sich durch die Natur, lebte mit den Naturvölkern, beobachtete unvoreingenommen und berichtete präzise. Sein zeitweiliger Vorgesetzter Gmelin schrieb über ihn[1]:

> *„Er hatte bei allem diesem keinen Verdruss über die elende Lebensart; er war immer guten Muts, und je unordentlicher alles bei ihm zuging, desto fröhlicher war er. Bei aller Unordnung, die er in seiner Lebensart von sich blicken ließ, [war] er doch überaus pünktlich und in allen seinen Unternehmungen unermüdet. Es war ihm nicht schwer, einen ganzen Tag zu hungern und zu dursten, wann er etwas den Wissenschaften ersprießliches richten konnte."*

Ging ihm allerdings etwas gegen den Strich, konnte er wohl über Gebühr empfindlich, rechthaberisch, und scharfzüngig reagieren, offenbar war er begabt in der Kunst, sich Feinde zu machen.

---

[1] Hintzsche 1996, S. 97

Er starb während der Rückreise nach Europa, am 12. November 1746 in Tjumen, im Alter von 37 Jahren. Über seine letzten Lebensmonate gibt es zum Teil widersprüchliche Informationen. Unter dem Vorwurf, er habe Eingeborene aufgewiegelt, wurde er vor Gericht gestellt und wieder entlassen. Am Ende war er entnervt, misstrauisch und depressiv, eine schwere fiebrige Erkrankung stellte sich ein, und er starb im Beisein des deutschen Wundarztes Theodor Lau.

Es gibt kein Bild von ihm. Sein Grab wurde bei einem Hochwasser fortgespült.

Stellers Unterschrift
(unter einem Brief an Gmelin, aus Golder 1925, S. 248)

Steller konnte seine Aufzeichnungen nicht mehr selbst veröffentlichen. Wir verdanken es insbesondere Peter Simon Pallas, dass seine Ergebnisse nicht in den Archiven der St. Petersburger Akademie der Wissenschaften vergraben blieben.

Sein wichtigster Biograf wurde 1936 Dr. Leonhard Stejneger. Weitere biografischen Arbeiten schrieben Golder (1925), Hintzsche (1996), Kasten (1996). und andere.

Die Skelettfunde

a. Fossilien aus der Zeit vor 1741

Der Übergang von der Vorgängerart *Hydrodamalis cuestae* zu *H. gigas* fand von 4 Millionen bis etwa 100 000 Jahren v. u. Z. statt[1]. In den letzten 200.000 Jahren bewohnte die Art wohl nur noch den Bereich etwa von den Kurilen über die Beringsee nach Nordkalifornien. Es gibt für lange Zeit kaum noch fossile Funde, weil durch die Hebung des Meeresspiegels in den letzten 20 000 Jahren die ehemaligen Küstenbereiche im Meer verschwunden sind. Daher haben wir auch keine Erkenntnisse darüber, wie einschneidend die Bejagung durch die frühen menschlichen Einwanderer für den Rückgang der Art war. In den letzten 6000 Jahren stieg der Meeresspiegel nur noch wenig weiter an, daher fanden sich aus dieser Zeit wieder einige Fossilien.

i. Funde auf den westlichen Aleuten:

- Fundort Amchitka Island, Alter ca. 127 000 Jahre, jetzt im Smithsonian's National Museum of Natural History: linke und Teile der rechten Unterkieferhälfte, Rippen C5-7, T1, halber Hämalbogen, Rippenfragmente, linkes Schulterblatt, Teile von linken und rechten Oberarmen, beide Ellen und Speichen, einzelne Rippe, rechtes Schulterblatt.

- Fundort Monterey Bay (Meeresboden), Alter ca. 18 900 Jahre, ebenfalls im Smithsonian's National Museum of Natural History: Schädelfragment ohne Rostrum, Hinterschädel und Jochbogen.

- Fundort Adak Island, Alter ca. 1710 Jahre, vermutlich jetzt in Moskau, Knochenstück, nicht nähe bezeichnet[2].

- Fundort Buldir Island, Alter ca. 1611 Jahre, vermutlich jetzt in Moskau, bearbeitetes Rippenstück[3].

---

[1] Domning 1978, S. 104
[2] Savinetzky, 1992
[3] Savinetzky, 1992

- Fundort Kiska Island, Alter ca. 1 040 Jahre, jetzt im Burke Museum, Seattle: rechte Rippe aus dem hinteren Thoraxbereich, möglicherweise aus menschlichen Siedlungsabfällen[1].
- Auf Attu und Agattu wurden im 19. Jahrhundert ebenfalls fossile Knochen gefunden, die wahrscheinlich von Seekühen stammen[2].

ii. Funde auf der Beringinsel:

1992 untersuchte A. B. Savinetzky 25 auf Bering gefundene fossile Seekuhknochen, deren Alter zwischen 2400 und 400 Jahren lag.

Von den übrigen bekannten Funden auf der Beringinsel stammen wohl nur das Exemplar in Helsinki und einige Einzelknochen in Washington aus der Zeit vor 1741.

Das Helsinki-Skelett eines jungen Männchens ist wahrscheinlich auch das einzige erhaltene Exemplar, das von einem einzigen Individuum stammt. Es wurde auf Betreiben von Nordmanns[3] 1861 von Hampus Furuhjelm, Gouverneur von Russisch-Alaska, gesammelt. Das Museum in Helsinki teilte mit, dass bisher keine genaue Altersbestimmung vorgenommen worden ist.

Angeblich war ein Skelett, das Prof. B. W. Everman 1892 von einem Kreolen[4] kaufte, etwa drei Kilometer vom Strand entfernt unter einer meterdicken Sandschicht gefunden worden. Möglicherweise war dieses Exemplar ebenfalls ein komplettes Skelett von einem einzigen Tier, das von einer Flutwelle weit ins Land geworfen worden war (Steller hatte hoch im Inland der Insel zwischen Treibholz und Walknochen ganze Seekuhskelette gesehen). Das Exemplar sollte dem Washingtoner National Museum of Natural History überlassen werden, dort ist es aber nicht auffindbar, über den Verbleib ist nichts bekannt.

---

[1] Persönliche Email-Mitteilungen Jeff Bradley und Jim Thomason
[2] Stejneger 1883
[3] Alexander von Nordmann, (1803–1866), finnischer Naturwissenschaftler
[4] hier: Russisch-alëutischer Mischling

b. Funde aus der Zeit ab 1741

Die übrigen vorhandenen Materialien stammen wohl ausschließlich von den Schlachtplätzen der Jahre 1741-1768. Adolf Erik Nordenskjöld berichtete 1879, dass die Knochen in der Regel auf einer flachen Terrasse dicht oberhalb des Strandes gefunden wurden. Sie waren unter einer 30-50 cm dicken Sand- und Torfschicht begraben, und man suchte nach ihnen, indem man mit Eisenstangen im Untergrund herumstocherte.

Leider lassen sich aus den Berichten nicht ersehen, an welchen Stellen der Insel die hauptsächlichen Schlachtplätze lagen und die Knochen gefunden wurden.

Die Geschichte dieser Ausgrabungen und der Weg der Knochenfunde in die Museen ist jedenfalls ein spannendes Thema:

Aus den Raritätenkabinette des Adels waren im 19. Jahrhundert die heutigen Naturkundemuseen geworden, bedeutende Bildungsorte für das Bürgertum. Erstmals wurden Tiere, Pflanzen und Mineralien nach wissenschaftlichen Grundsätzen gesammelt und beschrieben. Gleichzeitig entstand zwischen den bedeutenden Instituten ein Wettstreit um den Besitz besonders spektakulärer Stücke. Viele Museen waren erpicht auf ein Skelett der Seekuh, und einige waren bereit, dafür große Summen zu zahlen.

Am 25. April 1899 schrieb Nikolai Sergeyevich Vaksmut in der Wochenzeitung für die Amur Region '*Priamurskie Wedomostim*' einen Artikel mit einer ausführlichen Auflistung der zwischen 1875 und 1899 gefundenen Skelette. Er schrieb wohl aus dem Gedächtnis und es gibt einige Ungereimtheiten[1], dennoch ergibt die folgende Zusammenfassung ein recht gutes Bild der Situation. Vaksmut war 1890 bis 1893 Assistent von Nikolai Alexandrovich Grebnitzki, dem Verwalter der Kommandeursinseln. Soweit bekannt, wurde der Aufsatz bisher nicht außerhalb Russlands veröffentlicht, hier ein sinngemäß übersetzter Auszug:

„Über hundert Jahre nach der Entdeckung waren ein Schädelfragment und eine Kauplatte im St. Petersburger Kunstkabinett die einzigen Belege für die Existenz des Tieres[2].

---

[1] siehe weitere Fußnoten
[2] Erst 1857 erhielt das St. Petersburg Museum ein erstes Skelett

1875 stießen alëutische Bewohner der Beringinsel zufällig auf eine größere Anzahl von Skeletten und Schädeln.

Davon schickte Gouverneur Grebnitzky 1877 ein Skelett mit fehlenden Wirbelknochen und neun Schädel an die Kaiserliche Akademie der Wissenschaften in St. Petersburg.

1878 lieferte Grebnitzky zusammengesetzte Skelette (aus Überresten verschiedener Tiere) an die Wiener Akademie der Wissenschaften[1], das Britische Museum London[2] und die Pariser Akademie der Wissenschaften.

Im folgenden Jahr 1879 wurden zwei Schädel und eine fast vollständige Wirbelsäule an die Kaiserlich-Russische Geografische Gesellschaft Irkutsk geliefert.

Im gleichen Jahr verbrachte der Schwede Nordenskjöld im Verlauf der Vega-Expedition einige Wochen[3] auf der Insel und sammelte Knochen, die später zu dem Skelett zusammengesetzt wurden, das in Stockholm ausgestellt wurde.[4]

1880 wurden eine Anzahl von Knochen an die Moskauer Gesellschaft der Liebhaber der Naturwissenschaften und der Anthropologie geliefert.

1882/83 sammelte der Amerikanische Zoologe Stejneger viele Knochen. Unter anderem ein Skelett, das der Stolz des Washington National Museum ist.[5]

Das erste vollständige (von einem einzigen Tier stammende) Skelett wurde 1892 von dem Alëuten Trifon Sinitsin gefunden, der es für eine guten Preis an Dr. Barton Everman verkauft [6].

1897 wurden zwei zusammengesetzte Skelette verkauft: eines an den englischen Naturalisten Barrett-Hamilton für Cambridge, das zweite an den Russischen Konsul in San Francisco, soweit ich [Vaksmut] weiß, für das Museum in Lyon, Frankreich. Im gleichen Jahr erhielt ich den Auftrag des Generalgouverneurs der Amur-Region, Dukhowski, ein zusammengesetztes Skelett an das Museum Chabarowsk zu liefern.

---

[1] Nach Angaben des Museums kam deren Skelett erst 1897 als Geschenk von Professor Dybowsky nach Wien.
[2] Nach Museumsangaben erhielt London 1885 sein Skelett
[3] 5 Tage
[4] Nordenskjöld brachte 21 Kisten Skelettmaterial nach Schweden, *s. auch S. 22*
[5] In Washington befindet sich nur ein unvollständiges, zusammengesetztes Skelett
[6] Das oben erwähnte verschwundene Exemplar.

20

Schließlich fand 1898 der Alëut Aleksandr Berezin, nur 8 Werst [ungefähr 8 Km] von der Siedlung Nikolskoje auf Bering entfernt, in Ufernähe ein weiteres komplettes Skelett. Dieses zweite komplette Skelett wurde mir[1] im gleichen Jahr übersendet, zur Verfügung des damaligen Generalgouverneurs Grodekov.
Jetzt[2] werden immer weniger Knochen der Seekuh gefunden."

Soweit Vaksmuts Bericht.

Somit befanden sich im Grodekov-Museum von Chabarowsk zwei wohl ziemlich komplette Skelette.

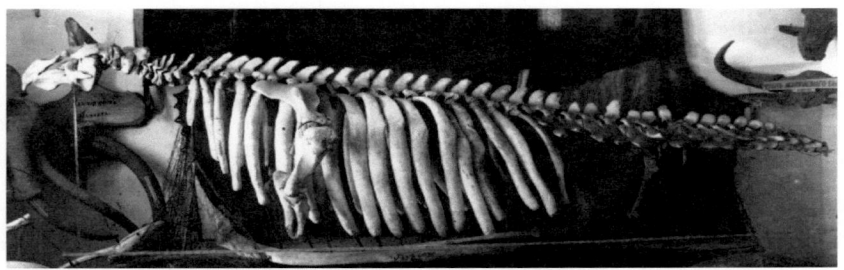

Foto von 1900 aus dem Chabarowsker Museumsarchiv

Eines davon sollte möglichst lukrativ verkauft werden, um Mittel für den Ausbau des Museums zu erhalten. Erste Verhandlungen, die der französische Botschafter in San Franzisko, deLalande (vermutlich für das Museum in Paris) führte, verliefen ohne Ergebnis, und so wurde 1899 der deutschstämmige Bergbauingenieur Konstantin Evgeneevic Pfaffius beauftragt, Verhandlungen mit den in Frage kommenden europäischen Museen zu führen. Hier ist eine übersetzte Kurzfassung seines Rechenschaftsberichts[3].

„Ich besuchte Wien, Budapest, Mailand, Paris und München. Der Kustos des Museums in Wien, Steindachner besaß bereits ein sehr schönes großes Skelett, welches Professor Dybowski gestiftet hatte; der Kaiser würde den Kauf eines weiteren Exemplars nicht genehmigen. Professor l. Megeli vom Museum Budapest war sehr interessiert an ei-

---

[1] Vaksmut war inzwischen in Chabarowsk Assistent des Generalgouverneurs der Amur-Region
[2] geschrieben 1899
[3] aus Sysoeva, 2001

21

nem Kauf, aber erst nachdem in zwei Jahren das Museumsgebäude er-
weitert worden sei. Das Museum in Mailand war klein und ärmlich, Ver-
handlungen kamen nicht zustande, da ich [Pfaffius] *nicht Italienisch*
spreche.

Ich war erstaunt, dass München, das reichste Museum, nur einen
Schädel besaß. Direktor Dr. R. Gertwig war interessiert, verlangte aber
ein verbindliches Angebot. Professor Lampert vom königlichen Naturwis-
senschaftlichen Kabinett in Stuttgart zeigte sich ebenfalls als ernsthafter
Interessent. Endlich erklärte sich Direktor G. Periye [?] vom Museum in
Paris (das bereits ein Exemplar besaß) bereit, das Skelett für 5000 Franc
zu kaufen, 2500 zahlbar sofort, 2500 bei Übergabe an den Kommandeur
eines französischen Kriegsschiffes. Am 3 Juni 1903 wurde das Skelett in
Yokohama übergeben. "

Soweit Pfaffius' Bericht.

Übersetzt aus dem St. Petersburger Journal Priroda (Natur) No. 8, 2002,:
„Anfang Juni 1882 sank der Dampfer Moskva im Roten Meer. An
Bord befanden sich drei komplette Skelette, die Grebnitzky an die Aka-
demie der Wissenschaften in St. Petersburg abgeschickt hatte. "

Der schwedische Arktisforscher Adolf Erik Nordenskjöld verbrachte
1879 am Schluss der Vega-Expedition 5 Tage auf der Beringinsel. Er wollte
dort unter anderem Skelettteile der Seekuh sammeln und bot den eingeborenen Kreolen[1] großzügige Prämien für jeden abgelieferten Fund. Nordenskjöld brachte so 21 Kisten Skelettmaterial zurück nach Schweden.
Dieses befindet sich heute in den Museen von Göteborg, Lund, Stockholm
und Uppsala.

Der polnische Arzt und Naturwissenschaftler Benedykt Dybowski besuchte mehrfach die Beringinsel und grub zahlreiche Skelette und Schädel
aus, die heute in den Museen von Kharkiv, Kiev, Krakau, Lviv, Odessa und
Wien zu sehen sind. Ein Schädel in Warschau wurde im Krieg zerstört.

---

[1] Russisch-Alëutischer Mischling

Spécification

Tout le squelette du lamantin consiste dans: 1) 56 vertèbres, 2) 36 côtes (18 droites et 18 gauches), 3) 4 os des lasts, 4) 7 os de la tête, 5) Deux omoplates.
Chaque os porte un N°, qui est écrit au crayon bleu-foncé et le l'ordre pour former le squelette.

Tout le squelette du lamantin est disposé en 5 caisses de bois.

Le premier caisse contient: (a) 24 vertèbres.
(b) Tous les côtes du lamantin (36).

Le second caisse contient: (a) 13 vertèbres.
(b) Deux os des lasts.
(c) La gauche omoplate.

Le troisième caisse contient: a) 10 vertèbres.

Le quatrième caisse contient: (a) 6 os de la tête du lamantin
(b) 6 vertèbres.

Le cinquième caisse contient: (a) La droite omoplate.
(b) Deux os des lasts.
(c) Deux vertèbres.
(d) La machoire.

Presque tous les os sont en le bon état, excepté 5 côtes qui sont brisées (NN 1,3,11 droites et N ... une à deux morceaux et N 14 gauche - à trois morceaux).

Conservator du muséum .... (Alexander Popoff)

Packzettel des 1903 nach Paris verkauften Skeletts

Wie bereits festgestellt, stammen die vorhandenen Skelettteile nahezu ausschließlich von den Schlachtplätzen der Jahre 1742-1768, und sind in der Regel unvollständig und aus den Teilen mehrerer Individuen zusammengesetzt.

Erwartungsgemäß sind insbesondere die kleineren Skelettknochen nur sehr lückenhaft überliefert:

Nur bei einigen Schädeln sind die **Gehörkapseln** (*Perioticum*) erhalten.

Steller hatte 1742 ein Paar der hornigen **Kauplatten** nach St. Petersburg geschickt. 1831 fand J.F. Brandt 1832 „*unter dem Gerümpel der petersburger Sammlung* [1]" eine einzelne obere Kauplatte, bei der es sich wohl um einen Teil dieser Sendung handelt. Sie ist das einzige überlieferte Exemplar[2].

Ein **Zungenbein** (*hyoid*) wurde nicht überliefert, auch Steller hat es nicht erwähnt.

Die ersten fünf Rippenpaare waren durch Knorpel mit dem **Brustbein** verbunden. Das Brustbein war laut Steller[3] knorpelig bis auf das hintere freie knochige Stück über der Herzgrube (*xiphisternum*). Von diesem Knochen sind nur etwa sechs Stück überliefert.

Das Skelett in Dresden (mit Brustbein)

Weiter beschrieb Steller die V-förmigen unteren Fortsätze der Schwanzwirbel. Diese **Haemalbögen** schützen u.a. die Blutgefäße für die Schwanzmuskulatur. Für die Stellersche Seekuh sind nur Einzelstücke überliefert. Sie wurden vielleicht beim Zerlegen des Fleisches abgelöst, das fette Schwanzfleisch war besonders begehrt.

Elle und Speiche grenzten an **Handwurzel- und Mittelhandknochen** (*carpal* und *metacarpal*). Steller erwähnte diese, wahrscheinlich stark rück-

---

[1] J.A. Wagner 1846
[2] siehe auch Seite 35
[3] 1753, S. 90

gebildeten, Knochen, es ist aber kein Stück überliefert. Nordenskjöld hielt einen Bestandteil des Stockholmer Exemplars für ein *metacarpal*, der wurde auch so am Skelett montiert. Dieser Knochen wurde aber von Domning[1] als Querfortsatz eines Schwanzwirbels identifiziert. Fingerknochen besaß das Tier nicht, sie waren im Verlauf der Evolution schon bei den Vorgängerart *H. cuestae* völlig verschwunden.

Vom rudimentären **Becken**[2] sind fünf Halbknochen in Museen erhalten

- Berkeley (rechts, 59 cm)
- Braunschweig (rechts, 41 cm)
- Chabarowsk (rechts, 53 cm)
- Lyon (rechts, beschädigt)
- Wien (rechts, ca. 45 cm, unvollständig)

c. Museen mit ganzen Skeletten

(i. d. R. zusammengesetzt und unvollständig, nicht alle sind öffentlich ausgestellt)

Stadt	Museum	Bemerkungen
Braunschweig, Deutschland	Naturkundemuseum	
Cambridge, Mass., USA	Museum of Comparative Zoology	
Chabarowsk, Russland	Grodekov Museum	
Dresden, Deutschland	Staatl.Museum f. Tierkunde	
Edinburgh, Gr. Britannien	Royal Museum	
Göteborg, Schweden	Naturhistoriska Nuseum	
Helsinki, Finnland	Museum f. Naturgeschichte	Von einem Tier stammendes Skelett
Kharkiv, Ukraine	Naturmuseum	
Kiew, Ukraine	Museum f. Paläontologie	

---

[1] 1978, S. 97
[2] siehe auch Seite 40

Stadt	Museum	Bemerkungen
Kiew, Ukraine	Zoologisches Museum der Staatsuniversität	
London, Gr. Britannien	Naturhistorisches Museum	
Lund, Schweden	Zoologiska Museet	
Lviv, Ukraine	Zoologisches Museum	
Lyon, Frankreich	Muséum National d'Histoire Naturelle	
Moskau, Russland	Museum f. Naturgeschichte	
Nikolskoje, Beringinsel, Russland	Museum f. Heimatkunde	Skelett ausgelegt
Paris, Frankreich	Musée National d'Histoire Naturelle	besitzt 2 Skelette
St. Petersburg, Russland	Zool. Institut der Russischen Akademie der Wissenschaften	
Stockholm, Schweden	Naturhistoriska Riksmuseum	
Washington DC., USA	Smithsonian National Museum of Natural History	
Wien, Österreich	Naturhistorisches Museum	

Anatomie

i. Größe, Gewicht, Körperform

Steller untersuchte, vermaß und beschrieb ausführlich ein ausgewachsenes weibliches Tier von 751 cm Körperlänge. Die größte dokumentierte Länge eines Tieres betrug 788 cm[1]. Die Bullen waren vermutlich etwas größer als die Weibchen[2]

Die Vorläuferart *Hydrodamalis cuestae* wurde dagegen etwa 10 Meter lang. Das ist bemerkenswert, weil die *Hydrodamalinae* in ihrer Stammesgeschichte bis dahin kontinuierlich größer geworden waren (in 3 Millionen Jahren hatte sich die Länge von *H. cuestae* gegenüber der Vorgängerart *Dusisiren dewana* verdoppelt). Domning vermutete[3], dass die Körpergröße der Beringinsel-Population nicht repräsentativ für die Tierart war, sondern dass diese eine durch die harten Lebensumstände verursachte Kümmerform darstellte. Das 127.000 Jahre alte Amchitka-Exemplar war, obwohl juvenil, so groß wie später ein erwachsenes Tier von der Beringinsel.

Schwierig zu bestimmen ist das Körpergewicht der Tiere. An einer Stelle schätzte Steller es auf 8000 Pfund, also etwa 4000 Kg. Der recht glaubwürdige Augenzeuge Yakovlev dagegen gab an[4], dass allein das Fleisch eines erwachsenen Tieres schon 3300 KG wog. Victor B. Scheffer errechnete 1972 anhand eines Tonmodells (angenommenes spezifisches Gewicht gleich Seewasser) ein Maximalgewicht von 10 Tonnen.

Eine plausible Schätzung ist nach Domning durch einen Vergleich mit einem Schwertwal von annähernd gleicher Größe und Körpermasse möglich[5]. Demnach hätte eine 7,5 Meter lange Seekuh etwa 5300 Kg gewogen.

Die Körperform beschrieb Steller so:

„Bis an den Nabel, vergleicht sich diese Thiere mit den Robbenarten, von da bis an den Schwanz einem Fisch, in der Proportion ist er wie der Leib von einem Frosch. Von der Scham an nimmt das Thier auf einmal

---

[1] Domning 1978, S. 95
[2] Geschlechtsdimorphinismus, s.a. Schädelmaße (Heptner 1974, S. 22)
[3] 1978, S. 130
[4] in Domning 1978, S. 163
[5] 1978, S. 96

stark im Umfang ab; der Schwanz selbst aber wird nach der Floßfeder zu noch immer dünner. "

Kleinschmidt vermutete[1], dass der Kadaver des beschriebenen Tiers erst nach dem Tode durch Darmgase derart unförmig aufgetrieben worden sei. Dagegen war sich Domning[2] sicher, dass der Bauch auch zu Lebzeiten so prall gewesen ist:

("Kleinschmidt's belief that the swollen belly was due to gases of decomposition is contradicted by Steller's insistence that it was always tightly stuffed and the fact that he examined his specimen while the intestines were still warm").

Steller stellte eine penible Liste der Einzelabmessungen eines am 12. Juni 1742 erlegten weiblichen Tieres her. Bei der Übertragung von Fuß nach Zentimeter gibt es in den verschiedenen Quellen leicht voneinander abweichende Ergebnisse, abhängig davon, welches der damals existierenden Maßsysteme zugrunde gelegt wurde.

---

[1] 1951, S. 303
[2] 1978, S. 95

Die von Steller ermittelten Ausmaße eines am 12. Juni 1742 erlegten weiblichen Tiers, übertragen von Fuß nach Zentimeter (aus V.G. Heptner 1974)

Körperlänge von der Spitze der Oberlippe bis zum Ende der rechten Schwanzfinne	741,5
Entfernung von der Spitze der Oberlippe bis zum Mundwinkel	39,5
Desgleichen von der Spitze der Oberlippe bis zur Schulter	132,5
Desgleichen bis zur Geschlechtsöffnung	490,0
Länge der Geschlechtsöffnung	26,0
Länge des Schwanzes vom Schließmuskel des Afters bis zum Anfang der Schwanzfinne	192,5
Umfang des Kopfes auf der Höhe der Nasenlöcher	78,0
Desgleichen auf der Höhe der Augen	122,0
Halsumfang am Genick	204,0
Höhe des vorderen Teils vom ,,Rüssel"	21,0
Rumpfumfang in Höhe der Schultern	367,0
Größter Rumpfumfang mitten um den Unterbauch	622,0
Umfang des Schwanzes an der Ansatzstelle der Finnen	143,0
Abstand zwischen den Enden der Finnen bzw. Breite des Schwanzes	199,0
Höhe (Dicke ?) der Schwanzfinne	26,5
Länge der gesamten inneren (oberen) Lippe, welche zottig und scharf wie ein Besen ist	13,2
Ihre Breite	7,7
Breite der äußeren Oberlippe nach dem Kinn zu, mit ihrer schrägen Oberfläche, die mit länglichen weißen Borsten ganz bedeckt ist	35,7
Ihre Höhe	25,5
Unterlippe schwarz, ohne Haare oder Borsten, glatt, hängt zum Brustbein herab, herzförmig; ihre Breite	19,7
Ihre Höhe	17,3
Entfernung von der Unterlippe zum Brustbein	138,0
Schnitt bzw. Breite des Mauls von einem Ende zum anderen	52,0
Breite bzw. richtiger Länge des Magens	112,0
Länge des Darmes vom Maul bis zum After	15.210,0
Entfernung von der Geschlechtsöffnung bis zum Schließmuskel des Afters	20,4
Durchmesser der Luftröhre unterhalb des Kehlkopfes	10,7
Länge des Herzens	56,0
Breite des Herzens	64,0
Länge der Nieren	80,0
Breite der Nieren	45,6
Länge der Zunge	30,6
Breite der Zunge	9,0
Länge der Brustwarzen	10,2

Der Herausgeber der ersten deutschen Ausgabe der „sonderbaren Meerthiere" von 1753 schrieb im Vorwort:

"die Meerkuh hätte dagegen ... eine Schollenähnliche Gestalt, wenn die Linien jeder Ausmessung von ihr, welche der Herr Autor [Steller] gibt, zusammen gesetzet würden ... diese in der Mitte so dicke, nach dem Kopf und Schwantze aber dagegen fast dünne auslaufende Meerkuh".

Ich habe die von Steller notierten Maße und Beschreibung der Körperform ebenfalls „zusammengesetzt" und kam zu diesem Ergebnis:

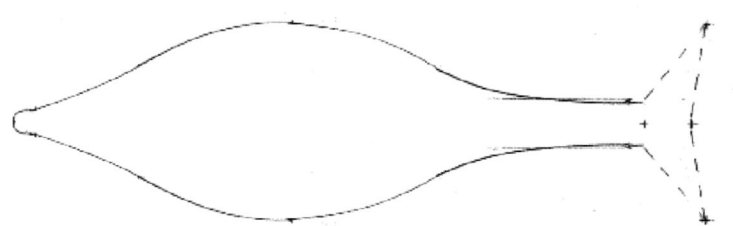

Der relativ dünne Körper zum Schwanzende hin lässt auf eine geringe Muskulatur schließen. Der Pelzjäger Cherepanov berichtete[1], dass die Tiere, nachdem sie harpuniert worden waren, nur etwa zehnmal wild und heftig mit dem Schwanz schlugen, bevor sie ermattet aufgaben und ziemlich kraftlos zu fliehen versuchten.

Der Fang der jungen Tiere war, wie Steller berichtete, wesentlich schwieriger, da sich diese erheblich heftiger wehrten:

Von diesen Thieren werden viel leichter erwachsene und sehr große gefangen, als ihre Kälber; darum weil die Kälber viel geschwinder und heftiger schwimmen[2].

ii. Kopfform

Der Kopf des Tieres ist verhältnismäßig klein. Während beim *Dugong dugon* der Schädel etwa 20% der Körperlänge ausmacht, sind es bei *H. gigas* etwa 10%.

---

[1] in Domning 1978, S. 164
[2] 1753, S. 100

Steller schrieb[1]:

„Der Kopf ... wo er aber mit Fell und Fleisch noch überzogen ist, gleicht er einigermaßen einem Büffelkopf, besonders, was die Lippen anbetrifft ... der Kopf ist durch einen kurzen, unabgesetzten Hals mit dem übrigen Körper verbunden ... Der Kopf wird vom Hinterhaupte an gegen die Nase abhängiger, und abermals von der Nase nach den Lippen. Der äußerste Rüssel ist acht Zoll hoch, und nimmet von der Nase an bis zum Hinterkopf starck an Dicke zu.

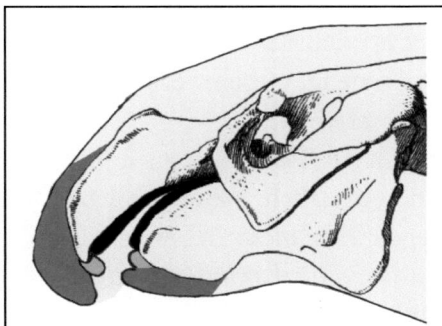

Schema des Maules und der Lippen.
schwarz: Kauplatten,
hellgrau: innere Lippen,
dunkelgrau: äußere Lippen.
Eigene Grafik nach Stejneger (1884) und
Kleinschmidt (1982, S. 394).

Sowohl die obere als untere Lippen sind doppelt, in aus- und inwendige unterschieden. Die auswendige Oberlippe läuft schief aus mit dem äußeren Rüssel, und stellet einen halben Circul vor ... Wo die Unterkinnbacken an den oberen schliesset, da füllet den zwischen beyden noch ledig bleibenden Raum eine Menge sehr dichter und dicker Borsten aus, die anderthalb Zoll Länge haben, und weiß sind. Dieses hilft, dass im Kauen nichts aus dem Maul fallen ... kann.

... „Die letztgemeldeten Borsten sind so dicke, als Taubenkiele, weiß, inwendig hol wie Röhren, unten mit einem zwibelartigen Knöpfgen."

Die inneren Lippen sind tatsächlich anatomisch Lippen. Was Steller als äußere Ober- und Unterlippe bezeichnete, muss in Wahrheit als *„Sonderform eines Rüssels"* angesehen werden[2].

---

[1] 1781, S. 292
[2] Kleinschmidt 1982, S. 395

Steller weiter:

„Das aufgesperrete Maul ziehet sich nicht hinterwerts [soll heißen: öffnet sich nur nach vorn]. Die äuserste Oberlippe aber ist so groß [dass es scheint, als ob sich das Maul nach unten öffnet]. ... Gegen die Größe des Thieres ist das aus einander gezogene Maul so groß nicht".

Sven Waxell beschreibt[1] das Maul als *„eine Kuhmund etwas ähnlich"*.

iii. Die Haut

Bemerkenswert ist die Beschaffenheit der äußeren Haut. Steller beschrieb sie[2] als einen Zoll dick, schwarz, rau und runzlig, wie eine Baumrinde *„steinig und dem Chagrin[3] ähnlich, fast als zerrissen"*.

Wegen dieser Eigenschaften nannte man das Tier früher auch Borkentier. Diese Haut war offenbar recht spröde und verletzlich. Steller schrieb:

„... habe ich sehr oft wahrgenommen wenn diese Thiere gefangen, und mit Hacken an das Land gezogen wurden, dass durch ihre heftige Erschütterung mit dem Leibe, und Schwanze, auch ihrem Widerstand mit den Forderfüssen grosse Stücke von ihrer Oberhaut absprungen; dass die Oberhaut an dern Forderfüssen oder Armen, und dem sogenanten Huf (ungula), auch die Floßfeder des Schwanzes abbrach."

Auch die große Schwanzflosse bestand also aus einem spröden Material und brach leicht. *Steller* beschrieb weiter:

„... der Schwanz ... läuft mit einer schwartzen Floßfeder aus, die äußerst hart und starr ist. Ihre Substanz ist wie Fischbein ... und bestehet aus lauter auf einander liegenden Blättern. ... einen vierten Theil tief vom Ende ist sie geschlitzt, und siehet den groben Spitzen der Kornähren etwas ähnlich."

Kleinschmidt vermutete[4]:

„Offensichtlich wurden die Spitzen der Schwanzflossen von keratinierten Hautleisten gebildet, die sukzessiv nach außen wachsend, sich wohl infolge jahresrhytmischen unterschiedlichen Wachstums lamellen-

---

[1] in Büchner 1891, S. 24
[2] 1753, S. 51
[3] stark genarbte Ledersorte
[4] 1982, S. 408

artig („wie Kornähren") verschachtelten. Ihre Ränder faserten infolge der Beanspruchung durch die Schwimmbewegungen auf"

Es gibt im Museum St. Petersburg ein Hautstück, welches A. Brandt 1871 im Lager der Petersburger Akademie fand und der Seekuh zuschrieb. Es bestehen aber Zweifel an der Echtheit[1]. Auch das Überseemuseum in Bremen besitzt zwei Hautstücke, mutmaßlich von einer Seekuh .

Steller berichtete: *"Die Meerkuh wird von einem besonderen Ungeziefer, welches gleichsam eine Laus ist, geplaget".* Es handelte sich dabei vermutlich um einen Krebs aus der Familie *Cyamidae*, die Art ist unbestimmt[2] und möglicherweise mit ihrem Wirt ausgestorben.

Eine von Steller erwähnte Zeichnung des Tieres (*insecta hujus animalis*) ist nicht erhalten.

iv. Schädel

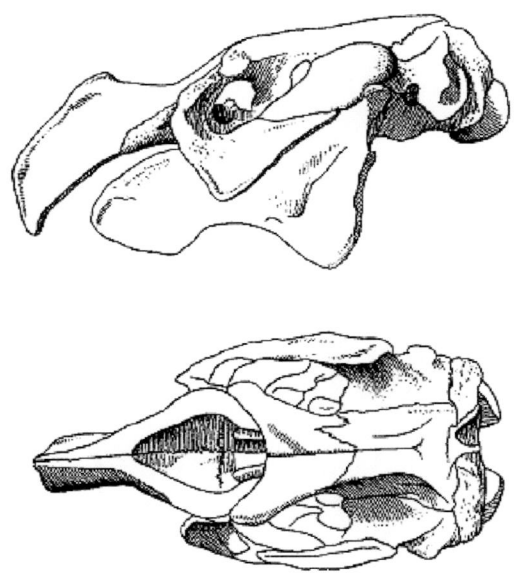

Zeichnung von Stejneger (1884)

---

[1] Domning 1978, S. 132
[2] Domning 1978, S. 115

Heptner 1974:

„Schädel [ist] sehr unterschiedlich von dem der übrigen Säugetiere. Einige Ähnlichkeiten mit dem der Elefanten und Klippschliefer. Nasenöffnungen stark verschoben und aufwärts gerichtet".

Männchen hatten vermutlich im Verhältnis zur Schädellänge breitere Jochbögen als die Weibchen[1]:

Das auffälligste sind die großen, paarigen, schnabelförmigen Zwischenkieferknochen (*Prämaxillae*), welche bei Säugetieren je nach Tierart und Ernährung sehr unterschiedlich sein können.

> *„Er* [der Zwischenkiefer] *ist bei verschiedenen Thieren von sehr verschiedener Gestalt ... nach der Art des Futters eingerichtet ... denn es muß seine Speise mit diesem Theile zuerst anfassen, ergreifen, abrupfen, abnagen, zerschneiden ... deßwegen ist er bald flach und mit Knorpeln versehen ... bald mit stumpfern oder schärferen Schneidezähnen bewaffnet"*
>
> Goethe 1784, über den Zwischenkiefer'.

Die Zwischenkiefer der Wirbeltiere tragen die oberen Schneidezähne (sofern vorhanden). Bei den Seekühen reichen die Zwischenkiefer weit zurück bis an das Stirnbein.

Die Männchen einiger fossilen Seekühe und der Dugong besitzen als Stoßzähne ausgebildete obere Schneidezähne. In der Regel jedoch besitzen Seekühe auch ansatzweise keine Schneidezähne.

Während Jungtiere der Vorgängerart *Hydrodamalis cuestae* im Oberkiefer noch Spuren von Backenzähnen in Form von Zahnalveolen aufwiesen, finden sich bei *H. gigas* keinerlei Zeichen eines Zahnansatzes mehr.

---

[1] Heptner 1974,. S. 32

Die auch bei anderen Seekühen, wenn auch weniger ausgeprägt, vorhandenen hornigen Kauplatten im Zwischen- und im Unterkiefer dienten wahrscheinlich nur zum Abrupfen der Pflanzennahrung, diese wurde dann aber praktisch unzerkaut geschluckt[1].

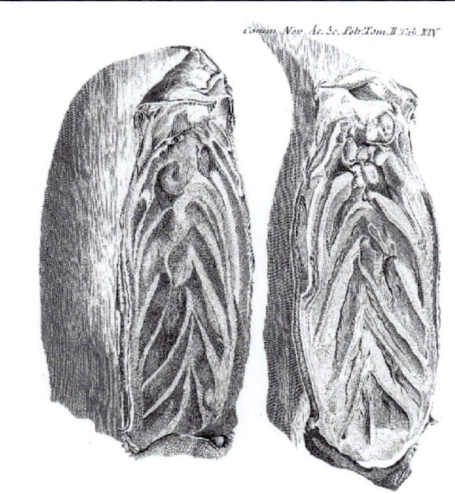

Tafel XIV zu De bestiis marinis.
Kupferstich von 1751 nach der vermutlich von Berckhan für Steller erstellten Originalzeichnung - das einzige Abbild auch der unteren Kauplatte (links im Bild).
Abgedruckt in der lateinischen Ausgabe „de bestiis marinis" von 1751, jedoch nicht in der deutschen Veröffentlichung von 1753.

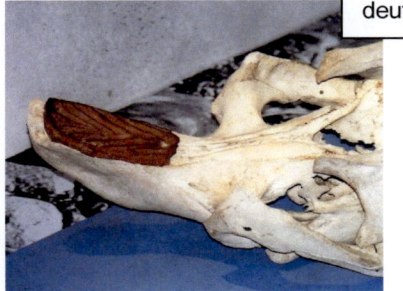

linkes Foto: die in einen Schädel eingepasste obere Petersburger Kauplatte,
(aufgenommen von A. Gehler)

Sie ist 182 mm lang und 81 mm breit, im Leben waren diese Platten weiß.
    (s. dazu auch Seite 24)

---

[1] Domning 1978, S. 117f

Die Form der Hinterhaupthöcker und der ersten Halswirbel erlaubte eine größere Beweglichkeit des Kopfes zu den Seiten (zum Abrupfen der Nahrung) und nach oben (zum Atmen bei Wellengang), als bei den heute lebenden Seekühen[1].

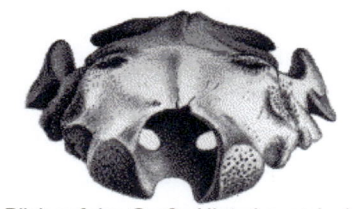

Blick auf das Große Hinterhauptsloch (aus Nordmann)

Ein **Zungenbein** (*hyoid*) wurde nicht überliefert, auch Steller hat es nicht erwähnt.

v. Wirbelsäule und Rippen

Das Skelett in Braunschweig (der linke Beckenknochen ist nachgebildet)

Die Rippen und Langknochen sind, wie bei Seekühen üblich, extrem dick und schwer (pachyostotisch), eine Anpassung des spezifischen Gewichts an das aquatische Leben. Nur die Wirbel und das Brustbein enthielten Knochenmark. Die ersten fünf Rippenpaare waren durch Knorpel mit dem Brustbein verbunden. Das Brustbein war laut Steller knorpelig bis auf das hintere freie knochige Stück über der Herzgrube.

Steller hatte 1742 die Knochen gezählt, er ermittelte 6 Hals-, 19 Brust- und 35 Schwanzwirbel, 5 echte und 12 *falsche* [nicht mit dem Brustbein verbundene] Rippenpaare.

---

[1] Domning 1978, S. 222

Spätere Arbeiten ergaben in dieser Hinsicht sehr unterschiedliche Ergebnisse. Von Nordmann beschrieb 1861 das Helsinkier Exemplar, mit dem sich 1982 Ann Forsten und Phillip M. Youngman ebenfalls befassten. Im gleichen Jahr behandelte Adolf Kleinschmidt das Braunschweiger Exemplar. Im Jahr 2003 beschäftigte sich Clara Stefen mit dem unvollständigen Dresdner Skelett:

	Steller	Nordmann	Forsten + Youngman	Klein schmidt	Stefen
Halswirbel	6	6	7	7	7
Brustwirbel	19	17	17	19	18
Lendenwirbel		6	3	8	3
Kreuzbeinwirbel			1		
Schwanzwirbel	35	29	34	26	?
Gesamt	60	58	62	60	?
Rippenpaare	17	17	17	19	18

Neben unterschiedlichen Definitionen der Wirbelsäulenabschnitte erklären sich diese Unterschiede vielleicht dadurch, dass die Wirbelkörper individuell sehr verschieden ausgeformt sind. Zum Beispiel kommen Übergangsformen zwischen Rippen und Querfortsätzen vor, und der siebte Wirbel ist nicht in allen Fällen eindeutig Hals oder Brust zuzuordnen.[1]

Ein Teil der Schwanzwirbel besitzen V-förmige untere Fortsätze. Diese Haemalbögen schützen u.a. die Blutgefäße für die Schwanzmuskulatur.

vi. Arme

Außergewöhnlich ist der Bau der etwa 70 cm langen vorderen Gliedmaßen. Sie sind nicht mehr Schwimmflossen, wie sie die heutigen Seekühe und auch die anderen Meeressäuger besitzen. Stattdessen werden sie von den wenigen Augenzeugen beschrieben als hufartige Klauen mit lederartiger, borstenbesetzter Innen- und Unterseite.

---

[1] Domning 1978, S. 86

Steller[1]:

„An der Brust sind die seltsamen Vorderfüße ... merkwürdig. Diese Füsse bestehen aus zwey Gelenken, deren äusserstes Ende eine ziemliche Aehnlichkeit mit einem Pferdefuß hat; dieser sind unten wie eine Kratzbürste mit vielen kurzen und dichtbesetzten Borsten versehen. Mit diesen Vordertatzen, woran weder Finger noch Nägel zu unterscheiden sind, schwimmt das Thier vorwärts, schlägt die Seekräuter von den Steinen im Grunde ab".

Sven Waxell[2]:

„zwey füsze, ziemlich dick, und gerade Stumppe wie die Bobbern[3]."

Stepan Cherepanov[4]:

"in front below the chest it has two legs ... and instead of a hoof, just as in camels, there is a softness"

Die Armknochen bestanden aus Oberarm, Elle und Speiche (letztere bei erwachsenen Tieren häufig verschmolzen). Daran schlossen sich nach Stellers Beschreibung (vermutlich stark zurückgebildet) Handwurzel- und Mittelhandknochen an, welche wohl die beschriebenen gebogenen Klauen bildeten. Die hatten jetzt die Aufgabe, das Tier am Boden fortzubewegen. Die Seekuh wanderte mit ihnen über den Meeresboden und scharrte die Algen vom Grund los.

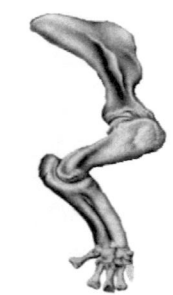

so könnten die Mittelhandknochen ausgesehen haben

Lange Zeit misstrauten die Wissenschaftler der Aussage Stellers, das Tier habe keine Handknochen besessen. Wagner meinte 1846 in seiner Fortführung von Schrebers ‚Säugethieren':

„Eine Hand ohne Phalangen ist eine zu große Anomalie, zumal in Bezug auf die beiden anderen Gattungen[5], als dass man nicht ihren Mangel auf Rechnung der Präparation bringen dürfte".

---

[1] 1753, S. 66
[2] bei Büchner , 1891, S. 23
[3] Otter
[4] in der Übersetzung bei Domning, 1978, S. 163
[5] Manati und Dugong

Entsprechend wurden dem Skelett in Helsinki zunächst bei der Präparation aus Gips „nachempfundene" Handknochen angefügt. Erst die systematische Auswertung der Fossilien belegte die Elimination dieser Knochen im Laufe der Evolution.

vii Becken

Der Beckengürtel ist auf längliche doppelte Knochen reduziert, „*in Größe und Gestalt wie menschliche Ellenbogenknochen ... mit starken Bändern mit dem fünfunddreißigsten Wirbel... verknüpfet*[1]".

Von diesem sind fünf Halbknochen in Berkeley, Braunschweig, Chabarowsk, Lyon und Wien erhalten[2].

Das rechte Foto zeigt die Außenseite des Chabarowsker (rechten) Knochens

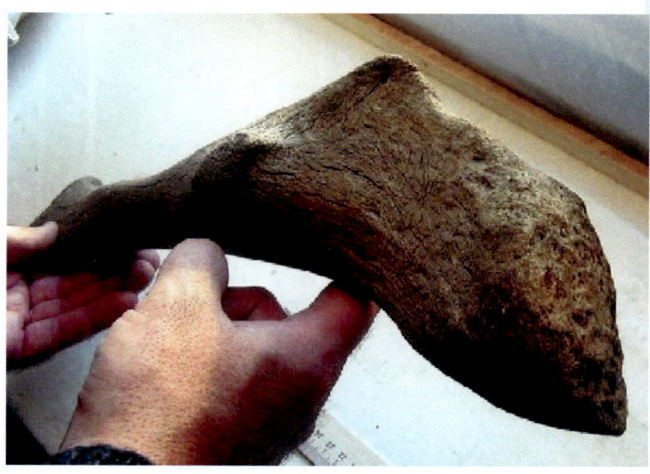

Das untere Ende des gleichen Exemplars
in einer Weitwinkelaufnahme.
Rechts das nach hinten zeigende Sitzbein *(ischium)*,
nach oben das Schambein *(pubis)* und die frühere Oberschenkel-
pfanne, hinten links das Darmbein *(ilium)*.
(Nach A. Birula 1928).

beide Fotos E. Novomodnyi

---

[1] Steller 1753, S. 90 – die Zahl 35 ist mit Sicherheit ein Übertragungsfehler
[2] s. auch Seite 25

Lebensweise

i. Lebensraum

Steller beschrieb, dass das mit vielen Felsen und rauen Klippen bedeckte Watt der Nordwestküste bei Ebbe bis zu fünf Werst (ca. 5 Km) weit trocken fiel.

Meist hielten sich die Seekühe während des Hochwassers fressend nahe am Ufer auf. Bei einsetzender Ebbe hielten sie sich etwas von Ufer entfernt auf, um nicht zu stranden. Sven Waxell beschrieb[1]:

„Es kompt nimmer auf truckene lande, gehet auch niemahlen Vom lande weit ab, sondern wenn Ebb Zeit ist, hält sie sich ein wenig ab, damit sie nicht Betruchen[2] werde, so bald aber die Fluut ankommet nähet sie sich wieder am lande, und Empfahnt seine nahrung."

Besonders gern sammelten sich die Tiere über sandigem Grund vor den Mündungen der zahlreichen Flüsschen. Möglicherweise tranken sie das Süßwasser zur Regulierung ihres Salzhaushalts.

Unbeantwortet bleibt die spannende Frage:

„Konnte die nordische Seekuh tauchen?"

Steller schrieb dazu: "*Rücken und die Hälfte der Leiber [sind] allezeit über dem Wasser zu sehen ... denn das Thier kann in der Wassertiefe nicht dauren"*.

In keiner der wenigen Augenzeugenberichte wird je erwähnt, dass das Tier ganz untertauchte, selbst wenn es verfolgt wurde oder harpuniert war.

Sven Waxell berichtete[3]: *„ ... dasz sein Rücken allezeit zu sehen ist, weil mehr Seagrasz näher am lande ist, als in der diepte."*

Wenn man annimmt, dass das Tier wegen seines niedrigen spezifischen Gewichts überhaupt nicht abtauchen konnte, hätte eine solche ausschließlich halbgetauchte Lebensweise eine Reihe von Vor- und Nachteilen geboten:

---

[1] in Büchner 1891, S. 23
[2] *stranden*
[3] in Büchner 1891, S. 24

Vorteile	Nachteile
Das Tier konnte bequem die Algen im sicheren Flachwasser abweiden,	Nahrungsquellen im tieferen Wasser waren unerreichbar,
Möwen konnten sie von Parasiten befreien,	Flucht durch Abtauchen nicht möglich.
Der Rücken konnte Sonnenwärme aufnehmen	

Es ist schwer vorstellbar, dass in Anbetracht dieser gravierenden Nachteile die Fähigkeit zu Tauchen im Verlauf der Evolution völlig verlorengegangen sein soll.

Domning schrieb dazu[1]:

„But it is strange, in view of the detail in which Steller described other aspects of the animals' behavior, that after months of observation this acute observer found nothing worthy of comment in their diving patterns or other subsurface activities, if such actually occurred

... incline me to prefer, at least provisionally, the more conservative interpretation. The value of total submergence under adverse conditions would probably have been too great for diving ability to have been totally lost; nonetheless the evidence indicates to me that for Hydrodamalis, unlike any other known marine mammal, floating was the preferred posture for normal activity.

... If these figures are correct, 13.5% of the animal's volume consisted of air, which would seem to provide ample scope for facultative, or perhaps even obligate, buoyancy".

Er hält es also für denkbar, dass die Tiere zwar die halbtauchende Schwimmlage weitgehend bevorzugt haben, jedoch ausnahmsweise bei 'Bedarf' (Hunger oder Gefahr) durch Ausatmen ihr spezifisches Gewicht 'absichtlich' *(fakultativ)* doch reduzieren und abtauchen konnten.

---

[1] 1978, S. 130f

ii. Ernährung

In den „Sonderbaren Meerthieren" schrieb Steller: „Die Meerkühe fressen aber nicht alles Meergras (fucos) ohne Unterschied, sondern vornehmlich:"

Nr.	Stellers lateinischer Originaltext	aus der deutschen Übersetzung	Vermutlich die folgenden Braun- und Rotalgen
1	Crispum Brassicae Sabaudicae cancellatum	die krause dem Savoyer Kohl ähnliche mit gegitterten Blättern	Agarum gmelini, A. turneri, A. pertusum, Thalassiophyllum clathrus
2	Fucum clavae facie	die Meergewächse welche oben keulenförmig aussehen	Nereocystis luetkeana, Dumontia fucicola
3	Fucum scuticae antique Romanae facie	die wie eine Peitsche der alten Römer wachsen	Con-stan-tinea rosamarina
4	Fucum longissimum limbis ad nervum undulatis	sehr lange Schwämme oder Meergras, mit wellenförmigen Rändern an ihren Adern."	Alarum esculenta

Im Meer treibende Pflanzenreste verschmähten sie: *„ Vom Grasz, was aus der Sea aufgeworffen wird ... nehmet sie nicht zu sich[1]. "*

Ihre Nahrung schluckten sie wahrscheinlich fast unzerkleinert herunter. Seekühe sind keine Wiederkäuer, und die Nährstoffe mussten erst in dem 150 Meter langen Darm aufgeschlossen werden. Ihr Kot ähnelte Pferdemist.

Einziger Nahrungskonkurrent waren die Seeigel. Die aber waren Hauptspeise der zahlreichen Seeotter, und so hielt sich der Bestand über Jahrtausende im Gleichgewicht. Erst, nachdem die russischen Jäger die Seeotter der Inseln innerhalb von 10 Jahren ausgerottet hatten, nahmen die Seeigelzahlen wahrscheinlich so zu, dass die Nahrungsgrundlage der Seekühe knapp wurde[2].

---

[1] Waxell in Büchner 1891, S. 23
[2] Paul Anderson 2005, s. auch Seite 14

Im sonnenarmen Winter stellen die Algen ihr Wachstum ein. Das Futter für die Tiere wurde dadurch knapp, sie lebten von den Fettreserven und magerten bis zum Frühjahr stark ab.

„Sie sind im Winter so mager, dass man nebst dem Rückgrad auch alle Rippen zehlen kan[1]."

---

[1] Steller 1753, S. 98

iii. Verhalten

Sommer auf der Beringinsel:
Das Meer ist ziemlich ruhig. Hundert Seekühe schwimmen in dieser Bucht, überall in der Nähe des Ufers bewegen sie sich langsam zwischen den Felsbrocken durch das flache Wasser. Die Rücken und Flanken sind dabei ständig sichtbar, darauf reiten Möwen und suchen die

Kap Manati im Süden der Beringinsel
(Zeichnung L. Stejneger, 1882)

borkige Haut nach Parasiten ab. Die Seekühe sind bei ihrer Hauptbeschäftigung: Fressen.

Wie Rinder grasen sie, wandern langsam mit ihren Vorderbeinen über den Grund und bewegen dabei den Kopf unter Wasser hin und her. Mit den kurzen hufähnlichen Armen scharren sie die großen Pflanzen von den Steinen, die beweglichen, rüsselförmigen, borstigen Ober- und Unterlippen befördern sie dann unter ständigem Kauen in den Schlund. Hin und wieder schwimmen sie mit einer ruhigen Seitwärtsbewegung der riesigen Schwanzflosse ein Stück weiter. Hinter sich lassen sie Placken ausgerissener Pflanzen, die langsam ans Ufer treiben.

Alle vier bis 5 Minuten heben sie kurz die Nase aus dem Wasser und atmen mit einem rauen Schnarchton. Sonst sind sie stumm. Einige haben sich eine ruhige Bucht gesucht, ruhen sich dort auf dem Rücken liegend aus und lassen sich die arktische Sommersonne auf den dicken Bauch scheinen. Ist die See unruhiger, schwimmen sie langsam vorwärts, um manövrierfähig zu bleiben und nicht von den Wellen herumgeworfen zu werden.

In der Menge unterscheidet man Familiengruppen: Männchen, Weibchen, ein Jungtier und ein Heranwachsendes aus dem vorherigen Wurf. Die Eltern nehmen ihren Nachwuchs in die Mitte oder treiben ihn vor sich her und sorgen so dafür, dass er in Ufernähe bleibt und nicht ins offene Meer schwimmt.

Diese Idylle endete jäh mit Ankunft der Menschen auf den Kommandeursinseln. Bei der Jagd nach ihnen machte Steller erstaunliche Beobachtungen. Die Tiere kannten keine Angst vor Menschen, diese konnten zwischen ihnen herumwaten und Harpunen aus nächster Nähe in die Körper stoßen. Dann aber sammelten sich Artgenossen, um dem bedrohten Tier zu helfen. Sie versuchten, manchmal mit Erfolg, es vom Ufer wegzudrängen, das Boot der Jäger umzuwerfen, oder sie legten sich auf das Harpunenseil, um den Artgenossen davon zu befreien. Ein Männchen blieb einmal, nachdem sein Weibchen harpuniert und an Land gezogen worden war, noch zwei Tage in der Nähe der am Ufer liegenden Schlachtreste. Die Tiere lernten jedoch nichts aus diesen Erlebnissen und versammelten sich stets wieder an den Plätzen, an denen ihre Artgenossen noch kurz vorher getötet worden waren.

Außer den Menschen hatten die Seekühe wohl kaum Feinde, obwohl sicherlich Schwertwale den Jungen gefährlich werden konnten. Allerdings quälten sie zahllose innere und äußere Parasiten. Im Winter erstickten Tiere unter Eis, oder sie wurden in der Brandung auf Felsen zerschmettert oder verletzt. Steller fand hoch im Inland Skelette von Tieren, die bei Sturmfluten angespült worden waren.

iv. Intelligenz und Sinne

Steller schrieb in seiner Beschreibung der Beringinsel[1]:

„Zeichen eines bewundernswerten Verstandes konnte ich nicht an ihnen wahrnehmen"

Über die Intelligenz aller Seekuharten ist wenig bekannt. Ihr Gehirn hat eine wenig strukturierte Oberfläche und ist im Verhältnis zur Körpermasse klein. Das ließe auf einen geringen Verstand schließen. Heute wächst aber die Erkenntnis, dass zum Beispiel die Manati doch eine gewisse Intelligenz besitzen. Sie haben die Fähigkeit, sich in der Topografie der Gewässer zu-

---

[1] 1781, S. 295

recht zu finden, die Tiere lassen sich dressieren. Erkenntnisse, die wohl mit aller Vorsicht auch für die Stellersche Seekuh gelten könnten[1].

Das von Steller beschriebene, altruistische Verhalten der Seekühe, die ihrem harpunierten Artgenossen mit durchaus sinnvollen Aktionen zu Hilfe kamen, ist wohl als Intelligenzleistung anzusehen.

Hauptsinnesorgan scheinen bei allen Sirenen die Körperhaare, besonders im Bereich der Schnauze, zu sein. Ihnen sind Zellgruppen im Gehirn (die sogenannten Rindenkerne) zugeordnet, welche die Reize der Haare verarbeiten[2]. Dagegen waren wohl auch bei der Riesenseekuh Sehvermögen und Gehör nicht sehr ausgeprägt.

Steller schrieb[3], dass die Tiere stumm gewesen seien. Ich könnte mir aber vorstellen, dass sie, ähnlich den lebenden Seekühen, ein einfaches Lautrepertoire hatten, das bei der Paarung und der Mutter-Kind-Beziehung eine Rolle gespielt hatte.

v. Fortpflanzung

Die Paarbindung war offensichtlich sehr stark und dauerhaft, ganz anders als bei den Manati und Dugong. Die Paarungszeit lag im Juni, teilweise auch schon davor. Die Kopulation fand in der Regel abends bei ruhigem Wetter statt. Das Weibchen schwamm zunächst langsam dem Partner davon, der ihr beständig folgte. Nach längerem Treiben legte sich das Weibchen dann auf den Rücken und *„das Männchen verrichtete das Erzeugungsgeschäft auf menschliche Weise"* (Steller), wobei sich die Partner mit den Vorderbeinen umfassten.

Die Geburt fand nach einer Tragzeit von über einem Jahr, in der Regel im Herbst statt, wie Steller aus dem Entwicklungsstand der Jungen bei seiner Ankunft im November schloss. Es fanden aber auch Geburten über das ganze Jahr statt. Mehrlingsgeburten hat Steller nicht beobachtet. Die Jungen wurden länger als zwei Jahre geführt, in der Regel zusammen mit einem Geschwister des vorherigen bzw. nächsten Jahrgangs.

---

[1] übersetzt aus R.L. Reep und T. J. O'Shea
[2] R.L. Reep und T. J. O'Shea
[3] 1781, S. 295

Über das Einsetzen der Geschlechtsreife der Stellerschen Seekuh ist ebenso wenig bekannt, wie über die Lebenserwartung der Tiere.

Alle Seekühe sind sogenannte K-Strategen, langlebige Tiere mit
geringer Geburtenzahl und langer Jugend- und Aufzuchtphase, die
unter gleichbleibenden Umweltbedingungen relativ konstante
Populationen aufrecht erhalten:
Manatis werden 60 Jahre alt, sind mit 5 Jahren geschlechtsreif,
Kühe haben etwa alle 2-5 Jahre ein Kalb, Tragzeit beträgt etwa 13
Monate, das Junge bleibt bis zu 2 Jahren bei der Mutter.
Dugongs werden 70 Jahre alt, sind mit 10 bis 15 Jahren geschlechtsreif, Kühe haben dann alle 3-7 Jahre ein Kalb, Tragzeit
beträgt etwa 12 Monate, das Junge bleibt 1 Jahr bei der Mutter.
Für die **Stellersche Seekuh** hat man anhand der Daten der Ma-
natis und Dugongs eine hypothetische Lebenserwartung von etwa
90 Jahren hochgerechnet. (Turvey & Risley 2005).

Evolution

Als der Superkontinent Pangäa vor etwa 180 Millionen Jahren auseinanderbrach, gab es auf den beiden nach Süd und Nord auseinanderdriftenden Riesenschollen Gondwana[1] und Laurasia[2] neben den Sauriern bereits seit etwa 50 Millionen Jahren einfache Säugetierformen.

Auf den voneinander getrennten Kontinenten entwickelten sich aus den archaischen Säugern die heutigen Ordnungen der Säugetiere. Im über Jahrmillionen isolierten Afrika war so bereits vor etwa 100 Millionen Jahren die skurrile Überordnung der Afrotheria entstanden: die späteren Elefanten, Schliefer und Seekühe. Sie sind damit die älteste Gruppe der Höheren Säugetiere.

Vor etwa 65 Millionen Jahren schlug ein 10 Kilometer großer Meteorit in den Golf von Mexiko und löste eine Umweltkatastrophe aus, in deren Folge die Dinosaurier ausstarben. Jetzt war die Stunde der Säugetiere gekommen, ihre Arten- und Individuenzahl explodierte, und sie besetzten die freigewordenen ökologischen Nischen.

Der Ursprung der Sirenen liegt im Dunklen. Ein Zitat aus „Marina und andere Elefanten, Sonderausstellung des Phyletischen Museums Jena":

"Die letzte gemeinsame Stammart der Rüsseltiere und Seekühe lebte wahrscheinlich bereits in der Oberen Kreide vor über 65 Mio. Jahren. Da die frühesten fossilen Rüsseltiere heutigen Flusspferden ähnlich waren, und selbst heutige Elefanten Merkmale aufweisen, die eine ursprüngliche Lebensweise im Wasser erkennen lassen, gehen Wissenschaftler davon aus, dass Seekühe zum ausschließlichen Wasserleben übergingen, während die Elefanten das feste Land besiedelten."

Die ältesten etwa 50 Millionen Jahre alten Fossilien wurden 1855 auf Jamaika gefunden, sie bestanden aus einem Schädel und dem ersten Halswirbeln, die vermutlich von einem amphibisch lebenden vierfüßigen Tier stammten, welches man *Prorastomus sirenoides* nannte.

---

[1] Afrika, Südamerika, Australien, Antarktis, Indien, das erst später nach Asien driftete
[2] Europa, Nordamerika, Asien ohne Indien

In der 'Encyclopedia of Marine Mammals' von 2002 heißt es (übersetzt):

"Dieses Vorkommen im westlichen tropischen Atlantik überrascht, da angenommen wird, dass der Ursprung der Tethytheria im östlichen Tethismeer lag."

Im Jahr 2001 dann konnte das Team von Daryl Domning, ebenfalls auf Jamaika, ein fast komplettes Skelett eines Prorastomus-Nachfahren aus der glei-

Das Skelett von Pezosiren portelli
(Nach Domning "The earliest known fully quadrupedal sirenian" 2001, Nature 413)

chen Epoche ausgraben. Man nannte das Tier *Pezosiren portelli*. Es besaß noch Vorder- und Hinterbeine, mit denen es sich wohl auch an Land bewegen konnte. Der schwere Knochenbau und andere Merkmale lassen aber darauf schließen, dass sich das Tier fast ausschließlich im Wasser aufhielt. Hier ist also der "*missing link*", der Beweis, dass die Seekühe aus landbewohnenden Tieren hervorgegangen sind, die wohl auf der Suche nach neuen Nahrungsquellen ins Wasser gingen.

Die Seekühe entwickelten sich dann sehr erfolgreich und bevölkerten bald alle warmen flachen Meere in großer Arten- und Individuenzahl. Sehr bald bildeten sich die hinteren Gliedmaßen zurück, und das Schwanzende verbreiterte sich zu einer horizontalen Fluke.

Die Sirenen waren immer Vegetarier und extreme Nahrungsspezialisten und passten im Laufe der Jahrmillionen Schädel und Gebiss der jeweiligen Hauptnahrung an. Die Oberlippe aller *Afrotheria* ist rüsselartig und beweglich, bei den Seekühen ist sie ein universelles Tast- und Greiforgan. Alle Arten waren zunächst annähernd so groß wie die heute lebenden Manatis und Dugong. Ihre schweren Skelette sind sehr dauerhaft und so sind viele Fossilien überliefert.

Im frühen Miozän wanderte die Dugongspezies *Dusisiren reinharti* aus der Karibik durch die damals offene mittelamerikanische Passage in den Nordostpazifik und entwickelten sich dort isoliert weiter als neue Unterfamilie der *Hydrodamalinae*.

Gegen Ende des Miozän kühlte die Erde erheblich ab. Seegras, die Hauptnahrung der Sirenen, verschwand im Nordpazifik, und große Braunalgen breiteten sich stattdessen aus. Unsere *Hydrodamalinae* passten sich dem geänderten Nahrungsangebot und den Belastungen des kälteren Lebensraums an.

Die Körpermasse nahm zu, eine Fettschicht unter einer dicken Haut verminderte den Wärmeverlust. Die Tiere wurden riesengroß. Gleichzeitig verloren die ehemals kräftigen Backenzähne bei der weichen Kelpnahrung an Bedeutung und bildeten sich zurück.

Die durch Fossilien belegte, unverzweigte Linie der *Hydrodamalinae*:

Art	Zeit ca.	Eigenschaften
Dusisiren reinharti	Mittleres [1] Miozän	dugonggroß, Stoßzähne
Dusiren jordani	Spätes Miozän[2]	Körper größer, keine Stoßzähne mehr.
Dusisiren dewana	Frühes Pliozän[3]	Zähne und Finger erheblich reduziert, Handwurzel verändert
Hydrodamalis cuestae	Pliozän[4]	Körpergröße gegenüber Vorgängerart verdoppelt, bis 10 Meter lang, vermutlich keine Fingerknochen, Zahnspuren nur noch bei Foeten.
Hydrodamalis gigas	Pleistozän[5]	Bis ca. 8 Meter lang, Zähne fehlen völlig, keine Fingerknochen

Der Lebensraum der Stellerschen Seekuh wurde der flache, felsige, turbulente Uferbereich des kalten Nordpazifik bis zur Treibeisgrenze. Dort konnte sie mit den zu Stummelfüßen umgestalteten Vordergliedmaßen langsam zwischen den Steinblöcken herumwandern und mit ihnen die von Boden hochwachsenden Braunalgen losscharren, oder diese mit den borstigen

---

[1] vor ca. 20 mio
[2] vor ca. 10 mio
[3] vor ca. 5 mio
[4] vor ca. 3 mio
[5] rezent

Lippen direkt abrupfen (der Kopf war recht beweglich). Ihre Nahrung schluckten sie wahrscheinlich fast unzerkleinert herunter.

Tauchen, um tiefer wachsenden Tang abzuweiden, konnte sie wahrscheinlich nicht mehr[1], sie war zu leicht geworden. Rücken und ein Teil des Rumpfes ragten stets aus dem Wasser, wo sie Sonnenwärme aufnahmen, und Möwen sie von Parasiten befreien konnten. Von Zeit zu Zeit bewegte sie sich durch Seitwärtsbewegung des Hinterendes ein Stück weiter, nur zur schnellen Flucht wurde die Schwanzflosse auf und ab bewegt.

Die Art war fast wieder bei der amphibischen Lebensweise angekommen, mit der die Karriere der Seekühe 50 Millionen Jahre vorher begonnen hatte.

Diese Anpassungen geschahen über lange Zeiträume in kleinsten Schritten. Die Zwischenstadien konnten anhand vieler Skelettfunde nachvollzogen werden. Sie bevölkerten die Küsten von Kalifornien über Alaska und Kamtschatka bis Japan. Das Endergebnis dieser Entwicklungskette war das unförmige Tier, das Steller entdeckte, und das es heute nicht mehr gibt.

Die Stellersche Seekuh teilte ihr Schicksal mit den anderen riesenwüchsigen Tierformen, die vor 20.000 Jahren die Erde bevölkerten, und 10 000 Jahre später weitgehend ausgestorben waren. Wissenschaftler brachten die möglichen Ursachen hierfür auf die griffige Formel: *"kill, chill and ill"* (Jagd durch frühe Menschen, Klimaabkühlung und Krankheiten).

Vor etwa 40.000 Jahren wanderte Homo sapiens in Ostsibirien ein und überquerte von dort in mehreren Wellen bis vor etwa 11 500 Jahren die damals trockene Beringstraße. Es ist zu vermuten, dass seit dieser Zeit auch die großen Seekühe des Nordpazifik als leichte Beute unter immer größeren Bejagungsdruck geraten sind. Ob diese Tatsache allein die Population bis auf diesen kleinen Restbestand bei den unbewohnten Kommandeursinseln dezimieren konnte, ist nicht sicher.

Vor etwa 10 000 Jahren endete die letzte Eiszeit, der Meeresspiegel hob sich um etwa 130 Meter an und die Beringstraße war wieder offen. Kaltes arktisches Wasser floss in die Beringsee und es wurde ungemütlich für die Seekühe.

---

[1] siehe dazu auch Seite 41

Jetzt aber konnten die unbeweglichen Tiere den Bereich der Kommandeursinseln nicht mehr verlassen. Somit war ihr Schicksal wohl besiegelt. Daryl Domning[1] vermutete, dass dieser Restbestand bereits eine Kümmerform darstellte, die durch winterlichen Nahrungsmangel und Treibeis nicht mehr ihre mögliche Größe erreichte.[2]

Wie es scheint, war diese beeindruckende Tierart im Begriff, auf natürlichem Wege auszusterben. Sie war zum Zeitpunkt ihrer Entdeckung in ihrem Bestand bereits massiv geschwächt. Die Evolution, die Lebensumstände, sowie die sirenentypisch niedrige Reproduktionsrate, hatten sie in eine Sackgasse geführt. Auch wenn im 18. Jahrhundert die Pelztierjäger die Kommandeursinseln nicht heimgesucht hätten, würde es die Art heute nicht mehr geben.

---

[1] 1978, S. 96
[2] siehe auch S. 14 – Ursache des Aussterbens

Abbildungen

Steller schrieb: "*Das Thier siehet im Leben seltsam genug aus!*" Leider konnte er nicht zeichnen, oder, wie E. Büchner es drastischer ausdrückte, es ist „*Grund vorhanden ..., Steller beinahe jegliches Zeichen-Talent abzusprechen*". Er wurde daher auf seinen Reisen stets von einem wissenschaftlichen Maler oder Zeichner begleitet.

Da auf dem Expeditionsschiff kein Platz für einen zusätzlichen Zeichner war, entschied Vitus Bering, dass während der Seereise nach Amerika bei Bedarf der baltendeutsche Friedrich Plenisner für ihn zeichnen solle. Plenisner war Живописца (= Maler[1], Steller nannte ihn Conductor), somit wohl als Kartenzeichner Besatzungsmitglied der St. Peter. Plenisner und Steller wurden während der Seereise Freunde.

Nach der glücklichen Rückkehr der Überlebenden schickte Steller sein bereits auf der Beringinsel angefertigte Manuskript *De Bestiis marinis* am 12. Juli 1743 mit dem jährlichen Versorgungsschiff von Bolscheretsk[2] nach St. Petersburg, zusammen mit einer Reihe von Zeichnungen einer weiblichen Seekuh, die mit Sicherheit Plenisner auf der Beringinsel hergestellt hatte. Darunter befanden sich zwei Darstellungen der Seekuh:

Tafel 1 stellt das Tier flach auf dem Bauch liegend dar.
Tafel 2 auf dem Rücken liegend, so dass die Form der Lippen, Arme, Zitzen, Genitalien und Schwanz gezeigt werden.

Wegen der unsicheren Transportsituation auf dem langen Weg nach Europa war es üblich, dass an jedem Weiterleitungsort Kopien derartiger Berichte angefertigt und archiviert wurden. Ein Exemplar der Aufzeichnungen erreichte St. Peterburg, die Zeichnungen sind jedoch verschollen.

Glücklicherweise gibt es jedoch vier Abbildungen, die nach Stejnegers[3] Überzeugung auf Skizzen zurückgehen, die Plenisner im Auftrag Stellers auf der Beringinsel hergestellt hatte.

Drei zeigen die Seekuh zusammen mit einem einem Seebären *Callorhinus ursinus* links neben einem Stellerschen Seelöwen *Eumetopias jubatus*.

---

[1] Büchner
[2] an der Südwestküste Kamtschatkas
[3] Stejneger 1936: Appendix A

Zwei davon finden sich auf Kopien der Seekarten, welche die Seeoffiziere Leutnant Waxell und Meister Khitrov als Teil des Expeditionsberichts erstellt hatten. Während die Seekuh unterschiedlich dargestellt wurde, sind sich die Robben bis in die Einzelheiten sehr ähnlich, ein Beleg für eine gemeinsame Quelle.

Dieser Kupferstich eines männlichen Seebären *Callorhinus ursinus* (Tafel XV, Fig. 1, der lateinischen Erstausgabe der Bestiis marinis von 1751), entstand vermutlich nach einer Federzeichnung von Johann Christian Berckhan.

Berckhan war einer der akademischen Maler der Zweiten Kamtschatkaexpedition, und arbeitete regelmäßig für Steller. Er stellte exzellente Aquarelle und sorgfältig plastisch ausgearbeitete Federzeichnungen her. Berckhan nahm jedoch nicht an der Amerikafahrt teil, sondern stieß erst nach dessen Rückkehr 1742 in Bolscheretsk wieder zu Steller, auch Plenisner war zu der Zeit bei ihnen. Dort zeichnete Berckhan wahrscheinlich u. A. die Kauplatten, die Steller von der Beringinsel mitgebracht hatte (die Tafel XIV der lateinischen Ausgabe der *de bestiis marinis* von 1751) und diesen Seebären.

Es fällt auf, dass dieses Bild nicht die typische kurze, spitze Schnauze der männlichen Tiere zeigt. Berckhan hatte niemals Gelegenheit, einen Seebären zu sehen, Stejneger vermutete daher, dass er lediglich eine (wohl unvollkommene) Umrissskizze des Amateurs Plenisner überarbeitet und verfeinert hatte, die dieser auf der Insel zeichnete.

Diese Plenisner-Skizze diente dann vermutlich auch als Vorlage für die Seebären auf den folgenden Waxell/Khitrov-Zeichnungen. Plenisner war Waxell unterstellt und es ist wahrscheinlich, dass er auch für seinen direkten Vorgesetzten Kopien seiner Skizzen herstellte.

Die vier Bilder habe ich in der Reihenfolge ihres Bekanntwerdens sortiert. Die Bezeichnungen der zeitgenössischen Abbildungen wurden aus Büchner[1] übernommen.

---

[1] 1891

a. Zeitgenössische Darstellungen

i. Pallas'sche Abbildung

Zwischen 1834 und 1842 veröffentlichte die Petersburger Akademie diese Umrissskizze der Seekuh als Tafel 30 der Illustrationen zu Simon Peter Pallas' *„Zoographia Rosso-Asiatica."*[1]. Pallas erwähnte die Zeichnung bereits 1811 und nannte sie etwas unpräzise *„eine grobe Skizze, so wie ich sie erhielt*[2]". Offenbar hielt er diese Zeichnung für authentisch, da er sie in dieser Rohform, ohne weitere Bearbeitung, veröffentlichen ließ.

Eine Linie zeigt den Verlauf der Wirbelsäule von der Schulter zur Mitte der, zur Verdeutlichung senkrecht dargestellten Schwanzflosse, diese ist zangenförmig, wie von Steller beschrieben. Dargestellt ist der sich von der Scham an stark verdünnende Körper. Das Auge ist nur als Punkt gezeigt.

Es war zu dem Zeitpunkt noch keine der auf den nächsten Seiten beschriebenen „Waxell-Karten" veröffentlicht, und noch kein Skelett nach Europa gelangt.

Stejneger[3] hält es für wahrscheinlich, dass es sich um eine der Originalskizzen von Plenisner handelt, die der in Stellers Auftrag auf der Beringinsel hergestellt hatte.

"... there is nothing improbable that Pallas received the sketch directly from Plenisner". Möglicherweise trafen sich Pallas und Plenisner 1774 in St. Petersburg.

---

[1] Bilder zur Beschreibung der Tierwelt Russisch-Asiens
[2] iconem, utut rudem, addere volui, qualem accepti
[3] 1936, App. A

Steller hatte allerdings auch am 18 August 1946 Professor J. E. Fischer[1] Kopien seiner Aufzeichnungen von der Seereise übergeben. Diese Unterlagen lieh sich Pallas für seine "Zoographica" aus. Es wäre also auch denkbar, dass sich die Skizze, ohne Hinweis auf den Autor, in diesen Unterlagen befunden haben könnte[2].

Die Übereinstimmung mit der Pekarski'schen Abbildung und der Zarsko-Ssel'schen Abbildung Nr. 2 auf den nächsten Seiten ist auffällig. Stejneger vermutet daher, dass Plenisners Skizzen als Vorlage für Waxells Darstellungen gedient haben könnten .

---

[1] Johann Eberhard Fischer, (1697-1771), Historiker, ab 1740 Teilnehmer der akademischen Gruppe der Kamtschatka-Expedition, löste Müller ab
[2] Stejneger, 1936, The Pictures of the Seacow

ii. Pekarski'sche Abbildung

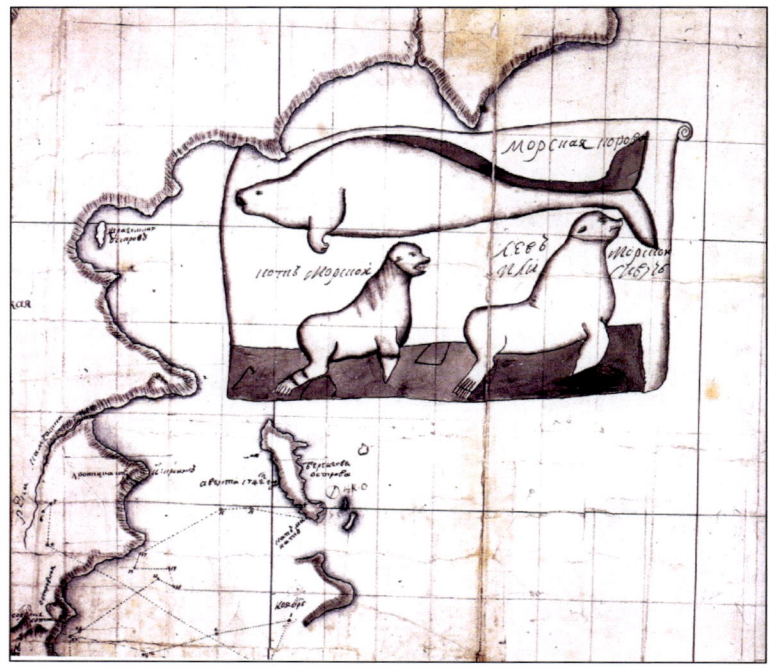

Diese Darstellung findet sich in der oberen linken Ecke der im Winter 1743/44 von Sofron Chitrow und Sven Waxell für die Admiralität in Petersburg erstellten Seekarte der Reiseroute Berings. Die Karte selbst wurde erst 1893 veröffentlicht, P.P. Pekarsky aber zeigte bereits 1869 eine Lithographie der Zeichnung in seiner *"Geschichte der St. Petersburger Akademie der Wissenschaften"*

Die Ähnlichkeit der Seekuh mit der Pallas-Zeichnung ist unverkennbar. Auch hier die Linie im Verlauf der Wirbelsäule, die im Bild untere Schwanzflossenhälfte ist schmaler gezeichnet als die obere. Hier ist besonders deutlich die Klauen- bzw. Hakenform der Vordergliedmaßen und der sich von der Scham an stark verdünnende Körper[1].

---

[1] Steller, Beringinsel, S. 294

Für Stejneger[1] ist sie „*the most authentic of the various copies preserved*".

Dr. Hintzsche[2] bewertet sie als „*die vermutlich einzige Zeichnung der Steller'schen Seekuh, die nach der Natur gefertigt wurde*".

Dagegen ist einzuwenden, dass die Vordergliedmaßen hier angedeutete Finger besitzen, dass die Kontur des Oberarms bis zum Schulterblatt außerhalb des Körpers gezeigt ist. Das Auge ist recht groß und eher menschenähnlich, mit Augenbraue und äußerem Augenwinkel; Steller beschrieb dagegen die Augen als "klein wie Schafaugen ... auswendig weder Augenwimpern noch sonst etwas dergleichen, sondern gehen aus der Haut durch ein rundes Loch." Vorn am Kopf sind fälschlich Nasenlöcher angedeutet.

Es ist durchaus vorstellbar, dass die Kartenzeichner die grobe Umrissskizze Plenisners nach ihrer Erinnerung '*ausschmückten*'.

---

[1] 1936, App. A
[2] 1996

iii. Zarsko-Ssel'sche Abbildung Nr. 1

1891 entdeckte Dr. E. Büchner in der Privatbibliothek des Zaren in Zarsko-Ssel ein 1758 abgeschlossenes, handschriftliches Tagebuch des Seeoffiziers Sven Waxell[1], und darin eine Seekarte mit der obigen, sorgfältig ausgearbeiteten Abbildung. Er veröffentlichte sie in *"Die Abbildungen der nordischen Seekuh"* als *Zarsko-Ssel'sche Abbildung Nr. 1.*

Kopf und Augen sind sehr groß, der Körper kurz und mit übertriebenen Querfalten dargestellt. Die übergroße Schwanzflosse ist nicht senkrecht, sondern die Querstellung ist perspektivisch verdeutlicht. Sie weist einen gewellten Saum auf, womit offenbar die von Steller beschriebene lamellenartige Struktur[2] dargestellt sein soll. Aus den Nasenöffnungen spritzt das Tier einen Wasserstrahl, als liege es sterbend auf dem Trocknen. Die Rückenlinie der übrigen Darstellungen fehlt. Die Vordergliedmaßen sind deutlich hakenförmig.

Büchner meinte, dass hier ein anderes Individuum dargestellt ist, als auf den drei anderen zeitgenössischen Bildern. Den Proportionen nach könnte es

---

[1] *Berings Stellvertreter auf der St. Peter
[2] *Siehe Anatomie -> Haut

60

sich um ein Jungtier gehandelt haben. Wahrscheinlich wurde sie aber, wie Heptner[1] vermutet, *"beim Umzeichnen stark entstellt"*.

Bereits 1867 hatte von Middendorf auf einer alten Seekarte im Besitz der Petersburger Akademie eine ähnliche, gröbere Abbildung entdeckt (die sogenannte *Middendorf'sche Abbildung*), und sie in seiner *"Thierwelt Sibiriens"* veröffentlicht. In dieser Kopie wurden übrigens die Falten an der Kopfseite des Zarsko-Sselschen Originals als äußere Ohrmuscheln fehlgedeutet, und es fehlen die Barthaare. Es wurden noch mehrere Versionen dieser Karte mit deutscher und englischer Beschriftung gefunden, z. B. die 1891 von Dr. Dall in Uppsala gefundene *Dallsche Zeichnung*.

Die Middendorf'sche Zeichnung und die anderen oben erwähnten Versionen waren offenbar *"ungenaue Copien"*[2] des Tsarsko Sselschen Originals.

---

[1] *1974
[2] *Büchner 1891, S. 20

iv. Zarsko-Ssel'sche Abbildung Nr. 2

Diese Darstellung fand Büchner ebenfalls in dem Manuskript Waxells und veröffentlichte sie 1891 als *Zarsko-Ssel'sche Abbildung Nr. 2*. Im Original ist dieses schöne Bild 39 cm breit und 32 cm hoch, sorgfältig in Wasserfarben ausgeführt, und eigentlich eine Mischung aus den vorhergehenden Zeichnungen.

Die Form der Seekuh ähnelt eher der *Pallas'schen* und der *Pekarski'schen Darstellung* einschließlich der Rückenlinie und der senkrecht dargestellten Schwanzflosse, hat aber die unnatürlich gleichmäßigen Körperfalten, den kurzen Schwanzteil und die übergroße Schwanzflosse mit dem Flossensaum der vorhergehenden Zarsko-Ssel'schen Abbildung Nr.1. Die Oberlippe ist länger als bei den anderen zeitgenössischen Abbildungen.

Für die beiden Robben standen vermutlich inzwischen bessere Vorbilder zur Verfügung, deren Köpfe sind erstaunlich naturnah.

v. Diskussion der zeitgenössischen Darstellungen

Die Pallas'sche Abbildung weist einige Unzulänglichkeiten auf. Dennoch halte ich sie für die einzige authentische, von Steller autorisierte Zeichnung des Augenzeugen Plenisner.

Die Pekarski'sche Abbildung lehnt sich eng an dieses Original an, jedoch haben wohl die Kartenzeichner die grobe Umrissskizze Plenisners nach ihrer Erinnerung durch einige sachliche Fehler *„ausgeschmückt"*.

Die Zarsko-Ssel'sche Abbildung Nr. 1 wirkt fast karikaturhaft, sie kann nicht ernsthaft als plausible Darstellung angesehen werden.

Die Zarsko-Ssel'sche Abbildung Nr. 2 wurde vermutlich Jahre später ausgeführt. Dem Grafiker standen möglicherweise die Pekarski- und die Zarsko-Ssel 1-Darstellung als Vorbild zur Verfügung. Durch die Elemente aus Zarsko-Ssel 1 kann auch hier die Seekuhdarstellung nicht als naturnah angesehen werden.

b. Weitere historische Abbildungen
i. frühes 19. Jahrhundert

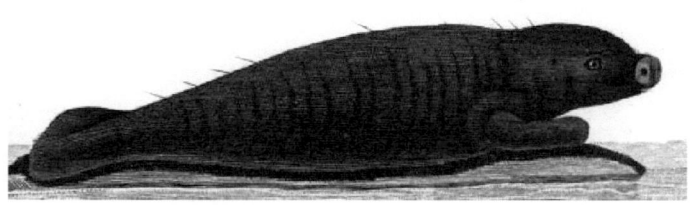

Ca. 1800 stellte Mademoiselle Coignet diesen Kupfertiefdruck nach der Vorlage von Jean-Gabriel Prêtre her; man kannte zu dem Zeitpunkt nur die Beschreibung Stellers und schrieb dem Tier eine robbenartige Lebensweise zu. Die Grafik hat keinen Bezug zur Wirklichkeit.

Ca. 1835 erstellte Johann Andreas Fleischmann diese Radierung für Schrebers *„Die Säugethiere in Abbildungen nach der Natur"*. Sein Vorbild war offensichtlich die Pallas'sche Abbildung.

ii. J. F. Brandt

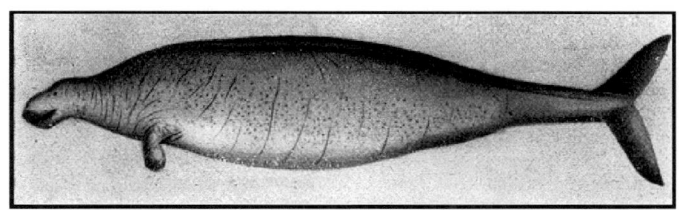

1846 ließ J.F. Brandt, Direktor des Zoologischen Museums St. Petersburg, diese erste „*ideale Abbildung*[1]" für die Symbolae sirenologicae I erstellen

> „*zu einer Zeit, ... als mir weder ein Skelet ... noch eine gute Abbildung eines Manati zu Gebote stand. ... genau genommen nur eine Verbesserung der Pallas'schen Figur*"[2]. *(s. Seite 60) .*"

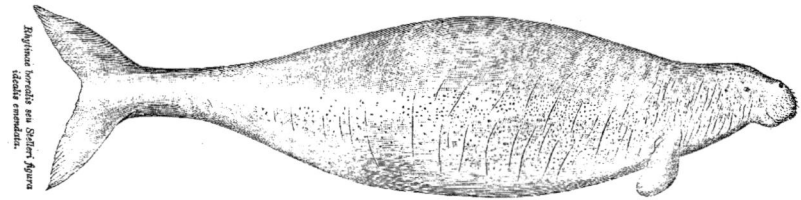

1868 ließ J.F. Brandt dieses neue, verbesserte Bild[3] entwerfen und auf Seite 282 der „Symbolae sirenologicae III" abdrucken, nachdem ihm nunmehr (seit 1857) ein Skelett und (seit 1867) die Middendorf'sche Abbildung (s. weiter oben) zur Verfügung standen,

> „*wobei hauptsächlich die Umrisse des Skeletts zu Grunde gelegt wurden ... Ich denke, dass die so mit Sorgfalt entworfene Figur im Allgemeinen eine richtige Vorstellung von der äusseren Gestalt der berühmten nordischen oder Steller'schen Seekuh liefern werde*[4]."

---

[1] „*icon idealis*" - soll etwa heißen: „*in der Vorstellung entstandenes Bild*"
[2] Brandt, 1867
[3] figura idealis emendata
[4] Brandt, 1867

iii. Leonhard Stejneger

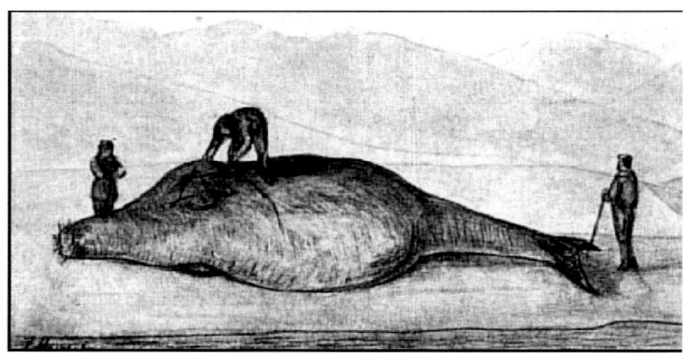

Auf dieser Zeichnung stellte sich Leonhard Stejneger vor, wie Steller ein Tier untersucht – „*Steller makes first measurements of Sea Cow*" [1]. Die Abbildung entspricht recht genau meiner Umrissskizze auf Seite 30.

Stejneger (1851–1943), berühmter norwegisch-amerikanischer Zoologe, verbrachte 1882/83 fast zwei Jahr auf der Beringinsel. Er war vom Leben und der Leistung Georg Wilhelm Stellers fasziniert und wurde sein wichtigster Biograf.

---

[1] in Golder, 1925

Nachwort

Es gibt noch viele offene Fragen. Vielleicht werden in russischen Archiven weitere unbekannte Originaldokumente aufgestöbert, möglicherweise sogar noch die verschollenen Plenisner-Zeichnungen.

Ungeklärt ist ja auch noch der Verbleib des verschwundenen, angeblich perfekten Evermann-Skeletts.

Und mit Sicherheit werden die Paläontologen weiteres Material finden, welches unsere Kenntnisse über die Hydrodamalinae erweitert.

Das Thema bleibt aktuell.

Im Januar 2008

Danksagung

Vor dreißig Jahren war ein Dugong an der Küste des Sinai eine halbe Stunde lang mein neugieriger Tauchbegleiter. Ihm verdanke ich mein bis heute andauerndes Interesse an den Sirenen.

Professor Daryl Domning, Dr. Stefano Mattioli, Evgueny Novomodnyi und Ullrich Wannhoff beantworteten bereitwillig meine Fragen und füllten viele Wissenslücken.

Alexander Gehler und Evgueni V. Novomodnyi stellten Fotos zur Verfügung. Alexander Gehler, Katharina Barckhan und die Mitarbeiterinnen der Otterndorfer Bibliothek halfen bei der Beschaffung alter Texte.

Anhang

a. Systematik

i. Taxonomie:

Reich: Tiere (*Animalia*)
Stamm   Wirbeltiere (*Vertebrata*)
Klasse: Säugetiere (*Mammalia*)
Unterklasse: Höhere Säugetiere (*Eutheria*)
Überordnung: *Afrotheria*
Die nächsten beiden Unterteilungen sind problematisch, da sich morphologische und geneti-
sche Erkenntnisse teilweise widersprechen:
Paenungulata (Gregory 1910)
Tethytheria (McKenna 1975)
Ordnung: Seekühe (*Sirenia*)
Familie: Gabelschwanzseekühe (*Dugongidae*)
Unterfamilie   *Hydrodamalinae*
Art: Stellersche Seekuh *(Hydrodamalis gigas)*

ii. Synonyme:

Manati Gigas Zimmermann 1780,
Manati balaenurus Boddaert 1785,
Trichechus Manatus borealis Gmelin, 1788,
Hydrodamalis Stelleri Retzius 1794,
Sirene borealis Link, 1794,
Manatus borealis Link, 1795,
Trichechus Borealis Shaw, 1800,
Rytina Manatus borealis Illiger, 1811, .
Nepus Stelleri G. Fischer, 1814,
Rytina borealis Illiger, 1815,
Rytina cetacea Illiger, 1815,
Rytina stelleri Desmarest, 1819,
Stellerus borealis Desmarest, 1822,
Haligyna borealis Billberg, 1827,
Rytina borealis F. Cuvier, 1836,
Rhytine stelleri Burmeister, 1837,
Rytina gigas Gray, 1850,
Manatus gigas Lucas, 1891,
Hydrodamalis gigas Palmer, 1895.

Rhytina statt Rytina (Altgriechisch: rytis bzw. rhytis = Falte, Runzel) ist eine spätere Schreibwei-
se[1]. Hydrodamalis ist heute allgemein statt R(h)ytina gebräuchlich [International Commission on
Zoological Nomenclature, 1925, Opinion 90, Smithson. Misc. Colls 73(3):39.]
Morskaja Korowa (Meerkuh), Borkentier, Kapustnik (Kohlfresser), Nordpazifische Seekuh,
Große Nördliche Seekuh, Kukh su 'kh tukh (Attu) und zahlreiche andere Populärnamen.

---

[1]Heptner, 1974

iii. Typusexemplar:

Die Erstbeschreibung fand 1742 durch Steller auf der Beringinsel statt. Die erste Klassifizierung der Art unternahm E. A. W. Zimmermann 1780 in *"Geographische Geschichte des Menschen, und der allgemein verbreiteten vierfüßigen Thiere"* und nannte sie *Manati gigas..* Ein Typusexemplar (*holotypus*) wurde nicht benannt.

Heptner[1] wartet auf *"eine spezielle Untersuchung für diese Art"*.

Domning schrieb[2]: *„No type specimens have ever been designated, nor is it necessary to designate any at this time"*.

Keines der überlieferten Skelette kann bisher als zweifelsfreies repräsentatives Muster angesehen werden. Die folgenden beispielhaften Exemplare wurden in der Vergangenheit ausführlich wissenschaftlich beschrieben (siehe Literaturliste):

Helsinki (v. Nordmann, 1861; Forsten & Youngman, 1982),

St. Petersburg (Brandt, J.F., 1868),

Braunschweig (Kleinschmidt, 1951, 1982, 1983).

---

[1] 1974, S. 24
[2] 1978, S. 93

b. Museumsliste

Ort	Einzelheiten	Bemerkungen
Basel, Naturkundemuseum	1 Schädel	
Berkeley, University of California Museum of Paleontology	Ein zusammengesetztes Skelett und zahlreiche Teile.	1904 Geschenk der Alaska Commercial Company, nicht öffentlich ausgestellt. Vorgeschichte nicht bekannt.
Berkeley, Museum of Vertebrate Zoology	Schädel, und Unterkiefer eines anderen Individuums.	
Braunschweig, Naturkundemuseum	Nicht vollständiges, zusammengesetztes 7,05 Meter langes Skelett, teilweise repariert oder ergänzt, kein Brustbein. Ebenfalls einem Modell in halber Lebensgröße	1900 von Dr. Brasche ausgegraben, und dem Museum 1907 geschenkt.
Budapest, Museum für Naturgeschichte	1 Schädel	
Cambridge, Großbritannien	unvollständiges Skelett.	erhalten 1887 vom USNM Washington
Cambridge, Mass., Museum of Comparative Zoology	Zusammengesetztes fast komplettes Skelett mit vielen nachgebildeten Bestandteilen.	Vom Smithonian Washington überlassen, wahrscheinlich von Stejneger 1882/83 gesammelt.
Chabarowsk, Grodekov Museum	1 ein fast vollständiges Skelett mit Beckenknochen, Zwischenkiefer und einige Schwanzwirbel fehlen.	Gefunden: 1897 oder 1898
Darmstadt, Schausammlung	1 Schädel	

Dresden, Staatliches Museum für Tierkunde	Nicht komplettes, zusammengesetztes Skelett, vollständig etwa 7 Meter lang. Es fehlen ca. 1,80 m der Schwanzwirbel. Außerdem ein lebensgroßes Modell.	Schädel 1891 gekauft von Otto Herz, Skelett 1903 gekauft (Herkunft unbekannt), Kriegsbeute 1982 von der UdSSR zurückgegeben.
	Verschiedene Einzelteile	gesammelt 1992-95
	ein älterer Dresdner Katalog (ca. 1902) enthielt außerdem: 28 Wirbel, Herkunft unbekannt, Abguss des Schädelinneren, 3 Rippen.	Diese Gegenstände sind offenbar vor dem 2. Weltkrieg verschwunden.
Edinburgh, Royal Museum	Zusammengesetztes Skelett	1897 gekauft für D'Arcy Museum der University of Dundee,1956 an Edinburgh übergeben.
Göteborg, Naturhistoriska Museum	Nicht vollständiges, zusammengesetztes Skelett	1879 von Nordenskjöld gesammelt. Ebenfalls ein lebensgroßes Modell.
Hamburg	Skelett-Teile im Krieg zerstört.	Das dort ebenfalls dort vermutete Hautstück ist wahrscheinlich von einem Wal.
Hannover, Niedersächsisches Landesmuseum.	ein Schädel	1904 angekauft, nicht ausgestellt,
Helsinki, Museum für Naturgeschichte	Fast komplettes Skelett eines 5,30 Meter langen jungen Männchens. Eines von wahrscheinlich nur zwei überlieferten Exemplaren, die vor dem Jahr der Entdeckung 1741 eines natürlichen Todes gestorben waren, und ausgegraben werden konnten.	Gesammelt 1861 von Hampus Furuhjelm. Die Handknochen, die bei der Installation im 19. Jahrhundert irrtümlich modelliert worden waren, sind inzwischen entfernt.
Hildesheim, Roemer- und Peliz. Mus.	1 Schädel	Z. Zt. im Naturkundemuseum Braunschweig.
Irkutsk, Museum für Heimatkunde	48 Teile von 4 Individuen: 2 Schädel, viele Wirbel, und andere, keine Rippen.	Gesammelt 1879.
Jekaterinburg, Museum Ekaterinburg	1 Rippe	Geschenk von G.Kondrashina

Kharkiv, Nature Museum	ein Skelett	1879-82 von Dybowski gefunden, kam im 20. Jahrhundert von Lviv.
Kiew, Museum für Paläontologie.	ein montiertes Skelett.	1879-82 von Dybowski gefunden, kam im 20. Jahrhundert von Lviv nach Kiew.
Kiew, Zoologisches Museum, Staatsuniversität.	ein Skelett, zwei komplette Schädel.	1879-82 von Dybowski gefunden, kam im 20. Jahrhundert von Lviv nach Kiev.
Krakau, Museum of Zoology	1 Schädel	möglicherweise Ge- schenk von Dybowski (?)
London, Museum of Natural His- torye	1 Komplettes Skelett, möglicherweise Pleistoce- ne, nicht aus der Zeit 1741-68.	gesammelt 1885 von Robert Damon. Z. Zt. Nicht ausgestellt
Lund, Zoologiska museet	Zusammengesetztes, unvollständiges Skelett:	1879 von Adolf Erik Nordenskjöld, gesam- melt.
Lviv, Zoologisches Museum	1 fast vollständiges Ske- lett.	1904 kam dieses Ex- emplar nach Lviv.
Lyon, Muséum National d'His- toire Naturelle	Ein zusammengesetztes, unvollständiges Skelett, komplette Länge 697 cm. Rechter beschädigter Beckenknochen. Einzelteile	1897 gekauft durch de Lalande, kam 1898 ins Museum. Nicht ausge- stellt.
Manchester, The Manchester Museum	eine Rippe und Replikate von: Schädel und versch. Knochen.	
Monaco-Ville, Oceanographisches Mu- seum	erwachsener Schädel mit Gehörknochen mit Unter- kiefer, verschiedene Teile	1910: geschenkt von M. Nusbaum
Montreal, Redpath Museum	Einzelne Knochen	keine weiteren Daten

Moskau, Zoologisches Museum	1 aufgebautes Skelett	gesammelt 1837 von N.B. Isakov.
	außerdem Schädelteile, und andere Teile	gesammelt 1960-1974.
Moskau, Paläontologisches Institut	2 Schädel, Ohrknochen und einige weitere Knochen.	
Moskau, Timiryazev Museum	einiges *H. gigas* material	
Moskau, Darwin Museum	Eine Rippe	1997 von A. Kovalev geschenkt.
München	Ein Schädel, übriges Skelett 1943 im Krieg zerstört.	
New York	1 Schädel	
Nikolskoje, Beringinsel, Heimatkundemuseum	1 unvollständiges Skelett, Außerdem mindestens 5 Schädel mit Unterkiefern.	ausgegraben 1983.
Numata-cho, Hokkaido, Numata Fossil Lab.	2 *premaxillae* (1 von Jungtier), 1 Schulterblatt vom Jungtier	Gesammelt 1995 von H. Furusawa.
Odessa, Zoological Museum	1 Schädel	
Ottawa, National Museum of Natural Sciences	Teile eines Schädels, verschiedene Einzelteile.	Gesammelt 1891 von Grebnitzky.
Paris, Musée National d'Histoire Naturelle	Zwei zusammengesetzte Skelette: 1.)	gekauft 1894 durch Vermittlung von M. de Lalande, Frz. Konsul in San Francisco.
	2.)	gefunden 1897 oder 1898, 1903 gekauft durch Vermittlung von Pfaffius,
Petropawlowsk – Kamtschatskij, Heimatkundemuseum	ein Schädel und mehrere Knochen.	

74

San Francisco, California Academy	Verlor ihr Skelett 1906 durch Erdbeben.	Gefunden 1881-82, gespendet von der Alaska Commercial Company.
St. Petersburg, Zoologisches Institut der Russischen Akademie der Wissenschaften	ein komplettes zusammengesetztes 6.50 Meter langes Skelett	1857 von der Russisch-Amerikanischen Companie übergeben. Dieses Exemplar wurde 1996 als Leihgabe in Halle ausgestellt.
	Besitzt außerdem die einzige erhaltene Kauplatte und ein Hautstück.	Wahrscheinlich von Steller selbst gefunden, wurden 90 Jahre später wiederentdeckt. Das Hautstück stammt wohl von einem Wal.
Seattle, Burke Museum	Eine subfossile Rippe	Gefunden 1998 auf Kiska Island, Aleuten
Stockholm, Naturhistoriska Riksmuseum	1 unvollständiges Skelett.	1879 von Nordenskjöld gesammelt.
Sydney, Australian Museum	Teil-Skelett	Durch Tausch von Schweden im 19. Jahrhundert
Uppsala	Skelettteile	1879 von Nordenskjöld gesammelt.
Warschau, Universität	ein Schädel im Krieg zerstört.	gespendet von B. Dybowski
Washington DC., Smithsonian National Museum of Natural History	zusammengesetztes Skelett von 12-16 Einzeltieren	1883 von D.L Stejneger ausgegraben.
	Verschiedene Teile	Ockerfarben, möglicherweise fossil.
	Außerdem verschiedene Fossilien.	Gefunden auf Amchitka und in der Monterey Bay
Wien, Naturhistorisches Museum	Fast vollständiges, zusammengesetztes Skelett mit Beckenknochen.	1897 überlassen von Professor Dybowski.

Wladiwostok, Oceanarium (Tinro-Center).	Lebensgroßes Modell und Schädel	
Wladiwostok, Primorsky Museum	1 Schädel	
Wladiwostok, Universität	Verschiedene Knochen	gesammelt 1987 - 1990

c. Zeittafel

Jahr	Ereignis(se)
1741/42	G.W. Steller entdeckt und beschreibt die Seekuh
1768	vermutlich letzte Seekuh getötet.
1837	N. B. Isakov sammelte angeblich (laut Museumskartei) ein Skelett für das Zoologische Museum, Moskau. (zweifelhaft, s. 1861)
1844	Ilja Gawrilowitch Wosnessenski gräbt für das Museum St. Petersburg einen unvollständigen Schädel und weitere Knochen aus.
1849	Laut Büchner (1891) erhält Simaschko (?) durch Vermittlung der Russisch-Amerikanischen-Gesellschaft verschiedene Skelettteile, nach denen er 1850 in seiner „Russkaja Fauna" eine Skelett- und eine Konturzeichnung erstellte.
1857	Die Russisch-Amerikanische-Gesellschaft übergibt der Akademie der Wissenschaften in St. Petersburg ein Skelett.
1861	Hampus Furuhjelm sammelt das Skelett eines Jungtieres für das Naturkundemuseum Helsinki, welches Museumsdirektor v. Nordmann in gleichen Jahr als erster nach Steller ausführlich beschreibt. --- Die Moskauer naturforschende Gesellschaft erhielt vermutlich ebenfalls ein Skelett.
1875	zahlreiche Skelette, Schädel usw. werden zufällig auf der Bering-Insel gefunden.
1877	Grebnitzky schickt ein Skelett (mehrere fehlende Wirbel) und 9 Schädel an die Kaiserliche Akademie der Wissenschaften, St. Petersburg.
1878	Grebnitzky schickt zusammengesetzte Skelette an europäische Museen
1879	Grebnitzky schickt 2 Schädel und eine fast komplette Wirbelsäule an die Kaiserlich-Russische Geographische Gesellschaft Irkutsk. --- Professor A.E. Nordenskiold verbringt am Ende der Vega-Expedition 5 Tage auf der Beringinsel, sammelt mehrere Skelette für verschiedene schwedische Museen, und befragt Einwohner der Insel. Er glaubt zu beweisen, dass mindestens eine Seekuh noch bis mindestens 1854 überlebt hat. Er bringt insgesamt 21 Kisten Skelettmaterial mit nach Schweden.
1880	Grebnitzky schickt eine Anzahl von Knochen an die Moskauer 'Gesellschaft der Liebhaber der Naturwissenschaften und Anthropologie (
1882	Am 6 Juni sinkt der Dampfer Moskva der 'Freiwilligen Flotte' im Golf von Aden auf dem Weg von Hankow nach St. Petersburg. An Bord drei komplette Skelette, die Grebnitzki an die Russische Akademie der Wissenschaften, St. Petersburg abgeschickt hatte.

1882/83	Leonhard Stejneger verbringt eineinhalb Jahre auf der Bering-Insel, sammelt das Washingtoner Skelett. Er befragt Einwohner der Insel, um zu beweisen, dass sich Nordenskiold geirrt hatte, und die letzte Seekuh wohl doch 1768 getötet worden war: --- Dr. Benedikt Dybowski war zur gleichen Zeit auf Bering und sammelte mehrere Skelette, die sich heute in Ukrainischen Museen (Kiew, Kharkiv, Lvov, Odessa) befinden.
1890	Otto Herz kauft in St. Petersburg das Dresdener Exemplar.
1891	Das Ottawa Exemplar wird gesammelt
1892	Der Aleut Sinitsin findet ein komplettes Skelett, verkauft es an Dr. Barton-Everman, der es angeblich dem Washington National Museum übereignen wollte, wo es sich aber heute nicht befindet. Der Verbleib ist unbekannt.
1894	Konsul deLalande kauft ein Skelett für Paris.
1897	Dybowski schenkt das Wiener Exemplar, Barrett-Hamilton kauft ein Exemplar für Cambridge (?) Ein Skelett wird dem Russischen Konsul in San Francisco verkauft, wahrscheinlich im Auftrag des Museums in Lyon, Frankreich. Ein Skelett geht an das Museum in Chabarowsk.
1898	Berezin findet ein komplettes Skelett, welches an das Museum Chabarowsk geschickt wird.
1899	Vaksmut schreibt seinen Artikel in der Wochenzeitung 'Priamurskie Wedomostim' vom 25. April mit einer ausführlichen Auflistung der zwischen 1875 und 1899 gefundenen Skelette.
1901	Pfaffius besucht die namhaften europäischen Naturkundemuseen, um eines der 2 in Chabarowsk befindlichen Skelette zum Verkauf anzubieten, und schließt einen Kaufvertrag mit dem Pariser Museum ab.
1903	Das von Chabarowsk an Paris verkaufte Skelett wird via Nagasaki nach Europa verschifft.
1904	Ein Skelett kommt in die Dybowski-Sammlung Lemberg (jetzt Lviv).
1910	M. Nusbaum schenkt Monaco Skelett-Teile.
1960/74	Drs. O. L. Rossolimo and I. Dubrovo sammeln auf Bering Island.
1983	Ein unvollständiges Skelett wird ausgegraben und bleibt auf der Insel im Museum in Nikolskoje.
1995	H. Furusawa sammelt auf Bering Island
1980	Dr Kirillova sammelt Unterkiefer und weitere Knochen für das Vernadsky State Geological Museum in Moscow.

d. Namensliste

Name	Position	Jahr	Bemerkungen
Alaska Commercial Company (ACC)	Nachfolger der Russian American Company. Erhielt 1871 als einzige das Recht, Robbenfelle von den Kommandeurs-inseln nach USA zu exportieren, unterhielt auf der Beringinsel einen Handelsposten.	ab 1868	Unterhielt ein Museum in ihrem alten Firmen-gebäude in San Francisco. Da dieses nicht feuersicher war, über-gab man die Skelettteile der Seekuh der Univer-sität von Kalifornien. So erhielten 1904 Berkeley und San Francisco ihre Skelette und -Teile.
Aleksandrov, General	Direktor des Museums Chabarowsk		arrangierte den Verkauf eines Skeletts an das Museum Paris durch Pfaffius um 1900.
Barrett-Hamilton	Natural History Museum, London (?)	1897	kaufte Skelett für Cam-bridge (?)
Berckhan, Johann Christian	Maler	1709 -1751	1732 - 1747 Maler der akademischen Gruppe der Großen Nordischen Expedition unter Gmelin. Arbeitete regelmäßig für Steller
Berezin, Aleksandr	Alëutischer Einwohner von Bering Island	1898	Fand ein vollständiges Skelett.
Bering, Vitus Jonas-sen	Dänischer Marineoffizier und Entdecker in russi-schen Diensten. * 1680 bei Horsens in Jütland; † 19. Dezember 1741 auf der Bering-Insel.	1680-1741	Der "Kolumbus des Zaren". Untersuchte und kartier-te die arktische und pazifische Küste Ruß-lands und teilweise Küste Alaskas, entdeck-te mehrere Alëuten-Inseln und die Kom-mandeur-Inseln. Starb während der Überwinte-rung an Skorbut.
Birula Alexandr Androvich	Russischer Zoologe	1864-1937	Byaluinitzkii-Birulya

Brandt, J.F.	ab 1830 erster Direktor des Zoologischen Museums St. Petersburg (auf Empfehlung v.Humboldts)	1802-1879	schrieb grundlegende Arbeiten über die Steller'sche Seekuh.
Brasche Dr.	Marinearzt	1900	Grub das Braunschweiger Skelett aus.
Chitrov, Sofron (oder Chitrow, Chytrew, Khitrov)	Meister auf der St. Peter (unter Bering und Waxell)		Zeichnete einige der "Waxell-Karten". Stellers Gegenspieler während der Expedition.
Damon Robert F.		1885	kaufte ein Skelett für das British Museum, London
Dattan, Adolph	1881-1917 Direktor des deutschen Kaufhauses Kunst & Albers in Wladiwostok, Russischer Staatsrat		Ein Schiff des Kaufhauses K & A befördert 1903 (kostenlos) das von Pfaffius an Paris verkaufte Skelett nach Nagasaki. 1907 schenkt Dattan das Braunschweiger Exemplar.
Dobrow, Dr. I.		1960-1974	sammelte für das Moskauer Museum für Naturgeschichte.
Domning, Dr. Daryl P.	Professor of Anatomy, Howard University, Washington, DC.		Der führende Kenner der Evolution der Sirenen.
Dukhovski, Sergei Michailovitsch	Generalgouverneur der Amur Region	1898 - 1902	Förderer und Namensgeber des Museums Chabarowsk
Dybowski, Dr. Benedict Tadeusz	(1833-1930) Polnischer Arzt und Naturwissenschaftler. 1863 wegen Beteiligung am polnischen Aufstand gegen das zaristische Regime zum Tode verurteilt, herabgesetzt auf 12 Jahren Zwangsarbeit in Sibirien. 1866 begnadigt blieb er als Arzt in Sibirien. Gründer des Zoologischen Museums.	1879-1882	Unternahm mehrere Reisen zur Bering-Insel. Viele Skelette in Ukrainischen Museen und in Wien, und der (im Krieg zerstörten) Warschauer Schädel stammen aus seiner Sammlung.
Everman, Dr. Barton W. (Evermann?)		1892	kaufte für 100 Golddollar vom KreolenTrifon Sinitsin ein angeblich vollständiges Skelett

Fortelius, Mikael	Professor of Evolutionary Palaeontology, Helsinki		
Furuhjelm, Johan Hampus	(Ivan Vasilevich Furugelm), Governeur von Russisch-Alaska 1859 - 64.	1861	sammelte das Helsinki Exemplar
Furusawa, Hitoshi	Numata Fossil Laboratory, Hokkaido (Japan)	1995	sammelte auf der Bering-Insel
Grebnitzki, Nikolai Alexandrovich	Verwalter der Kommandeursinseln. Seit 1875 Mitglied der Kaiserlichen Geografischen Gesellschaft.	1877-1907	Ab 1875 verschickte er zahllose auf der Beringinsel gefundene Skelette und -Teile.
Herz, Otto	Mitarbeiter des Insektenhändlers Dr. Otto Staudinger, Dresden	1890	Expedition nach Kamtschatka, kaufte von St. Petersburg das Dresdener Exemplar.
Isakov, N.B.		1837 (?)	sammelte das Skelett für das Zoologische Museum Moskau
Jousse, Dr. Hélène	UMR, Paléoenvironnements et Paléobiosphère, Université Claude Bernard, Lyon		
Lucas, Frederick A.			Preparierte das Washingtoner Skelett
Mattioli, Dr. Stefano	Ph. D., Section of Behavioural Ecology, Ethology, and Wildlife Management, Department of Environmental Sciences, University of Siena, Italy.		
Nordenskiöld, Adolf Erik (Nordenskjold)	(1832 - 1901) Geologe, Mineraloge und Arktisforscher, geboren in Finnland, ließ sich später in Schweden nieder. Befuhr 1878/9 mit der Vega als erster die Nordostpassage von der Nordsee in der Pazifik.	1879	Verbrachte 5 Tage auf Bering, sammelte mehrere Skelette für verschiedene schwedische Museen. Befragte Einwohner der Insel; versuchte zu beweisen, dass eine Seekuh bis 1854 überlebt hat.

Nordmann, Alexander von	Leiter des Zoologischen Museums Helsinki	1861	beschrieb 1861 als erster nach Steller ausführlich ein Skelett.
Novomodniy, Evgeniy V.	Entomologe im Museum Chabarowsk		
Nusbaum, M.	Inst. Zoologiczny Univ. Livonie Meuberg	1910	schenkte Museum Monaco Skelett-Teile.
Pallas, Peter S.	Professor der Kaiserlichen Akademie	1741-1811	schrieb die Zoographica Rosso-Asiatica
Pfaffius, Konstantin Evgeneevic	Bergbauingenieur	1901	bereiste im Auftrag des Museum Chabarowsk Europa und bot den großen Museen ein Skelett zum Verkauf an.
Plenisner, Friedrich H.	Deutscher Kosaken-Korporal in russischen Diensten, Mitglied der Militäreskorte auf der St. Peter. Ab 1760 Kommandeur der Anadir-Region.	? - 1778	1737 lebenslänglich nach Ochotsk verbannt, 1738 von Vitus Bering für die Große Nordische Expedition angeworben. 1741-41 Teilnahme an Berings Amerikareise. Fertigte vermutlich für Steller Zeichnungen an.
Rossolino, Dr. O. L.		1960-1974	sammelte für das Moskauer Museum für Naturgeschichte auf Bering Island
Russisch Amerikanische Gesellschaft (Rossiysko-amerikanskaya Kompaniya)	halbstaatliche Russische Handelsgesellschaft, Sitz Kodiak		1789 vom Pelzhändler Gregory Shelikov gegründet, um den frühen Pelzhandel zu kontrollieren. Übergab 1857 das St. Petersburger Skelett. Als die USA 1867 Alaska, verkauft und in Alaska Commercial Company umbenannt.
Sinitsin, Trifon	Aleut, Bewohner von Bering Island	1892	Fand mindestens 4 Skelette, ein vollständiges Skelett,1892 an Dr. Everman verkauft.
Stefen, Dr. Clara	Curator im, Museum für Tierkunde Dresden		

Stejneger, Dr. Leon-hard	(1851 - 1943), Norwe-gisch-Amerikanischer Zoologe 1882/83 Forschungsreise zur Bering-Insel und nach Kamchatka. Ab 1911 war er Head Curator for biology im Smithonian Institut. Er war vom Le-ben Georg Wilhelm Stel-lers fasziniert, schrieb Biografie.	1883	verbrachte mehr als ein Jahr auf Bering, sam-melte das Washingtoner Exemplar, befragte Einwohner der Insel, um zu beweisen, dass sich Nordenskiöld geirrt hatte, und das letzte Tier tatsächlich 1768 getötet worden war.
Steller, Georg Wil-helm (eigentlich Stoeller)	Deutscher Arzt und Na-turwissenschaftler.	1709-1746	Siehe Kurzbiografie Weiter oben
Vaksmut, Nikolai Sergeyevich (Wachsmuth?)	Assistent von Grebnitzki, dem Verwalter der Kom-mandeursinseln von 1890 bis 1893, 1893-1899 Assistent von Dukhovski, und ab 1899 Administrator (Natschal-nik) des Bezirks Chaba-rowsk.		am 25. April 1899 schrieb er einen Artikel in der Wochenzeitung für die Amur Region 'Priamurskie Wedo-mostim' mit einer aus-führlichen Auflistung der zwischen 1875 und 1899 gefundenen Ske-lette.
Wannhoff, Ullrich	Künstler und Reisender, lebte auf der Bering-Insel, bereist Alaska und Kam-tschatka		Intensive Beschäftigung mit Steller und dem russischen fernen Os-ten.
Waxell, Sven oder Swen	Schwedischer Marine-Leutnant in russischen Diensten, nach Berings Tod Kommandeur der St. Peter-Mannschaft.	1701 - 1762	Seine Skizzen gelten als Vorlage für die einzigen zeitgenössischen Dar-stellungen der Seekuh.
Wosnessenski (Voz-nesenskii), Ilja Gawri-lowitsch	Kurator des St. Petersburger Museum	1844	sammelte 1844 Schädel und Knochen für Pe-tersburg

e. Literaturliste

- Anderson P.K. and Domning D.P. (2002) Steller's sea cow. pp. 1178-1181 In Encyclopedia of Marine Mammals. Academic Press
- Anderson, P.K. (2005), Steller's Sea Cow: Lesson From A Recent Megafaunal Extinction.
- Birula A. (1928), Notice sur l'os pelvis du Rhytina stelleri. (russ.)
- Brandt J.F. (1833) Ueber den Zahnbau der Stellerschen Seekuh (Rytina stelleri) nebst Bemerkungen zur Characteristik der in zwei Unterfamilien zu zerfällenden Familie der pflanzenfressenden Cetaceen. Mém. Acad. Sci. St. Pétersbourg, ser. 6, Sc. Math. Phys. Nat. (2, 103-118).
- Brandt J.F. (1846) Symbolae sirenologicae. Fasc. I. Mém. Acad. Sci. St.-Pétersbourg, 6, v. 7, pt. 2, p. 1-160.
- Brandt J.F. (1866) Noch einige Worte über Vertilgung der Rhytina. Bulletin de l'Académie Impériale des Sciences de Saint-Pétersbourg, (9, 280).
- Brandt J.F. (1867) Einige Worte über die Gestalt des Hirns der Seekühe. Bulletin de l'Académie Impériale des Sciences de Saint-Pétersbourg, (12, 269).
- Brandt J.F. (1867) Einige Worte über eine neue unter meiner Leitung entworfenen ideale Abbildung der Steller'sche Seekuh. Bulletin de l'Académie Impériale des Sciences de Saint-Pétersbourg, (12, 457-8).
- Brandt J.F. (1868) Symbolae sirenologicae. Fasc. II et III. Mém. Acad. Sci. St.-Pétersbourg (7) 12 (1): 1-384
- Büchner E. (1891) Die Abbildungen der nordischen Seekuh (Rhytina gigas Zimm.). Mit besonderer Berücksichtigung neu aufgefundener handschriftlicher Materialen in Seiner Majestät Höchst Eigen Bibliothek zu Zarskoje. Mém. Acad. Sci. St.-Pétersbourg (7) 38 (7) : 1-24
- Domning, Dr. Daryl P., (1978), Sirenian Evolution in the North Pacific Ocean, University of California Publications in Geological Sciences, Vol. 118.
- Domning, Dr. Daryl P. (1987), Sea Cow Family Reunion, Natural History 4/87.
- Domning, D. P., J. Thomason, and D. G. Corbett. 2007. Steller's sea cow in the Aleutian Islands, Marine Mammal Science 23(4)976-983
- Erman, E. 1890, Nordenskiölds Vegafahrt, Brockhaus, Leipzig.
- Forsten A. and Youngman P.M (1982), Hydrodamalis Gigas, Mammalian Species No 165.
- Frost, Orcutt, Bering, The Russian Discovery of America, 2003 Yale University Press, ISBN 0300100590
- Golder, F. A., 1925, Bering's Voyages II.
- Haffner K. von (1957) Bau, Eigenschaften und ehemalige Verwendung der Haut der seit 1768 ausrotteten Steller'schen Seekuh (Rhytina stelleri Retz.) Mitt. Hamburg zool. Mus. 55: 107-136
- Heptner V.G. und Naumov N.P. (1974), Die Säugetiere der Sowjetunion, Bd II, Seekühe und Raubtiere, Fischer Verlag Jena.
- Hintzsche, Wieland und Nickol, Thomas, Die große Nordische Expedition, Katalog zur Ausstellung 1996 in Halle, ISBN 3-623-00300-X.
- Isakova L.F. 2002, The fragments of Marine Cow in the Funds of Irkutsk Provincial Museum.
- Jones R.E., 1967, A Hydrodamalis Skull Fragment from Monterey Bay, California, Journal of Mammalogy (48, 143-44)
- Kasten, Erich, 1996, Nachwort zu "Beschreibung von dem Lande Kamtschatka", Holos Verlag.
- Kleinschmidt A. (1951) Über ein Skelet und eine Rekonstruktion des äußeren Habitus der Riesenseekuh Rhytina Gigas. Zool. Anz. 146 Heft 9/10.
- Kleinschmidt A. (1982) Wissenswertes über die Säugerordnung der Seekühe (Sirenia). Braunschweiger Naturkundliche Schriften 1 (3).
- Kleinschmidt A. (1983) Notiz zu weiterem Skelet-Material der Stellerschen Riesenseekuh Rhytina gigas (Sirenia, Mammalia). Braunschweiger Naturkundliche Schriften 1 (4).
- Mattioli, Stefano and Domning, D.P., Annotated List of Extant Skeletal Material of Steller's Sea Cow, Aquatic Mammals 2006, 32(3), 273-288
- Mohr, Dr. Erna, (1957) Sirenen oder Seekühe, Neue Brehm Bücherei Nr. 197.

- Nordmann, Alexander von,1861, Beiträge zur Kenntnis des Knochenbaus der Rhytina stelleri.
- Petzsch, Hans, Urania Enzyklopädie, Säugetiere, ISBN 3-332-01173-1.
- Reep, R.L. and O'Shea, T. J., "The Brain of the Florida Manatee", www.manateebrain.org.
- Reynolds, John E. III and Daniel Odell, Manatees and Dugongs.
- Ripple, Jeff and Perrine, Doug, Manatees and Dugongs of the World.
- Savinetsky, Arkady B. et al. (2004), Dynamics of Sea Mammals and bird populations of the Bering Sea region over the last several millenia.
- Stefen C. (2003) Hydrodamalis gigas (Mammalia, Sirenia, Dugongidae) material in the Museum für Tierkunde, Dresden. Zoologische Abhandlungen (Dresden) 53: 205-214.
- Stejneger, Dr. Leonhard, How the Great Northern Sea-Cow (Rytina) Became Exterminated, American Naturalist, Vol. 21, No. 12 (Dec., 1887), pp. 1047-105.
- Stejneger, Dr. Leonhard, Georg Wilhelm Steller, 1936,.Harvard University Press.
- Steller, Georg Wilhelm, Beschreibung von sonderbaren Meerthieren, 1753 (de Bestiis marinis).
- Steller, Georg Wilhelm, Topographische und physikalische Beschreibung der Beringinsel, 1781.
- Steller, Georg Wilhelm, Tagebuch seiner Seereise aus dem Petripauls Hafen von Kamtschatka bis an die westlichen Küsten von Amerika, und seiner Begebenheiten auf der Rückreise, 1793.
- Sysoeva, O.V. (2001) Mirovaya sensaciya. Zapiski Grodekovskogo Museya 2: 221-229 (The notes of Grodekov Museum. Iss. 2. - Khabarovsk museum of local lore, 2001)
- Turvey, S. T. and Risley, C. L. (2005), Modelling the extinction of Steller's sea cow, Biol. Lett. doi:10.1098/rsbl.2005.0415
- Vaksmut, N.S., 25 April 1899 in the weekly newspaper 'Amur Pages': Notes on the Skeletons of Morskaja Korowa.
- Wagner Dr. J.A., 1846, in J.C. v. Schreber: Die Säugethiere (7,149ff)
- Wannhoff, Ullrich und Törmer, Karen, beschreiben die Beringinsel und ihre Natur in heutiger Zeit in ihrem Buch „Comandor, Leben am Ende der Welt", ISBN 3-930398-01-X.
- Waxell, Sven, Die Brücke nach Amerika, Walter-Verlag 1968
- Weinstein, B. and Patton J., 2000. Hydrodamalis gigas, Animal Diversity Web.
- Wendt, Herbert, Auf Noahs Spuren, 1956, C. A. Koch Verlag
- Wendt, Herbert, Entdeckungsfahrt durchs Robbenmeer, 1952, Franckhsche Verlagshandlung.
- Whitmore, F.C., Jr., and Gard, L.M., Jr., 1977, Steller's sea cow (Hydrodamalis gigas) of late Pleistocene age from Amchitka, Aleutian Islands, Alaska: U.S. Geological Survey Professional Paper 1036.

f. Bildnachweis

Umschlagbild nach Stejneger, Dr. Leonhard, Georg Wilhelm Steller, 1936

Seite:	
3	Stejneger, Dr. Leonhard, Georg Wilhelm Steller, 1936
16	Steller, aus Hintzsche und Nickol, 1996
21	Museumsarchiv Chabarowsk
23	Foto Evgeniy Novomodny
24	eigenes Foto
30	eigene Zeichnung
31	eigene Zeichnung auf Basis der Schädelzeichnung von L. Stejneger 1884 und Kleinschmidt, 1982, S. 394
33	Stejneger L. (1884)
35	oben: Tafel XIV zu de Bestiis marinis, G. W. Steller 1751 (lat. Ausg.)
35	unten: Foto Alexander Gehler
36	oben: v. Nordmann 1861
36	unten: eigenes Foto
38	eigene Grafik
40	Fotos Evgeniy Novomodny
45	Stejneger 1882, aus Golder, F. A., 1925, Bering's Voyages II, Fig. 25
50	D. Domning, 2001 Nature 413: 625-627
55	De Bestiis 1751
57	aus Pallas, Zoographia, 1811 (vermutlich von Plenisner 1742)
59	Waxell 1744, Wikipedia Commons
61	Büchner E. (1891) Abbildungen der nordischen Seekuh.
63	dto.
65	oben Radierung von Mlle. Coignet après Prêtre, ca 1800 .
65	unten Radierung Johann Andreas Fleischmann, 1835, gedruckt 1774 in Schreber „ Die Saugthiere in Abbildungen nach der Natur"
66	oben: Brandt J.F. (1846) Symbolae sirenologicae. Fasc. I.
66	unten: Brandt J.F. (1868) Symbolae sirenologicae. Fasc. II et III.
67	Stejneger 1882, in Golder, F. A., 1925, Bering's Voyages II, Fig. 28

g. Register